isto não é uma
editora

ON/
STANDBY
EJECT

não • editora

Porto Alegre
2011

AJUSTE AGORA AS CORES E O SOM DO SEU EQUIPAMENTO.

Conselho Não-Editorial
Antônio Xerxenesky, Guilherme Smee, Gustavo Faraon, Luciana Thomé, Rodrigo Rosp, Samir Machado de Machado

Capa
Samir Machado de Machado

Projeto gráfico
Guilherme Smee

Revisão
Rodrigo Rosp

Dados internacionais de catalogação na publicação (CIP)

V789 24 letras por segundo / Organizado por
Rodrigo Rosp - Porto Alegre : Não Editora, 2011.

192 p. : 21 cm

ISBN 978-85-61249-19-9

1. Literatura Brasileira. 2. Contos Brasileiros.
3. Literatura e cinema I. Rosp, Rodrigo.

CDD 869.937

Bibliotecária responsável: Ginamara Lima Jacques Pinto (CRB 10/1204)

não • editora
[2011]

NÃO EDITORA
Av. Taquara, 98/504 – Petrópolis
90460-210 – Porto Alegre – RS
contato@naoeditora.com.br
www.naoeditora.com.br

Cinema is a matter of what's in the frame and what's out.

Martin Scorsese

Isto não é um filme

Você deve estar acostumado a ver filmes baseados em livros, não é? E o caminho inverso? Pois, aqui, a ideia é deixar o cinema invadir as linhas e servir de base para a criação literária.

A proposta (ou provocação) feita aos escritores foi escolher um cineasta e fazer um conto a partir da obra dele – para dar maior unidade, apenas os diretores contemporâneos foram selecionados. Então, os escritores no papel de cineastas foram para os mais diversos caminhos e exploraram diferentes enquadramentos; o resultado, como era de se prever, ficou bem variado.

E, para entrar ainda mais no clima, cada conto vem com uma imagem de abertura (simulando um frame) e uma porção de extras, incluindo um breve depoimento de cada escritor sobre a influência do cineasta escolhido e sobre como foi o diálogo com a obra do homenageado.

É isso. Fica o convite para você pegar a pipoca, sentar-se na sua poltrona favorita e mergulhar nestas páginas repletas de referências, citações e elementos cinematográficos. Só não é recomendado apagar as luzes.

SUMÁRIO

O TÚMULO FRIO DE
MIMI MEYERS

MINIBIO
BERNARDO MORAES

CIDADE: Porto Alegre

NASCIMENTO: Dezembro de 1982

FORMAÇÃO: Mestre em letras, escrita criativa (PUC/RS), doutorando do curso Creative Writing PhD na University of East Anglia, na Inglaterra

OCUPAÇÃO PROFISSIONAL: Escritor

LIVROS INDIVIDUAIS: Minimundo (2006)

PARTICIPAÇÕES EM ANTOLOGIAS: Brevíssimos (2006), Alguém morre no final (2007), Ficção de polpa 2 (2008)

PRÊMIOS LITERÁRIOS: Prêmio O Sul, Nacional e os Livros – Autor Revelação (2007)

FILME FAVORITO DE QUENTIN TARANTINO: Kill Bill, vol. 2 (2004)

FILMOGRAFIA
QUENTIN TARANTINO

1992
Cães de aluguel
1994
Pulp fiction – tempo de violência
1997
Jackie Brown
2003
Kill Bill, vol. 1
2004
Kill Bill, vol. 2
2007
À prova de morte
2009
Bastardos inglórios

“

Vamos guardar as devidas proporções: Tarantino é Tarantino e Moraes é Moraes. Nunca quis reproduzir os filmes dele nem mostrar todas suas características, como se fosse uma aula ou um exercício de estilo. Então, pensei: diabos, vou me divertir. Tenho que dizer que gosto muito mais do Tarantino de *Kill Bill* – violência, sangue, palavrões, diferentes pontos de vista, uma história de vingança e referências ao mundo pop. Os filmes do Tarantino sempre me pareceram meio irregulares, imperfeitos. Mas de propósito. Você não sabe direito o que esperar. Ele coloca o elemento que fica mais interessante a cada momento. É uma questão de honestidade com a história. É como se ele dissesse: não é o que os *outros*

O túmulo frio de Mimi Meyers

Amigo que é amigo não separa briga.
Chega dando voadora.
Chuck Norris

1. Açougueiros

Aqui está a verdade: eu encostado na parede, Tim e Ted sentados no banco ao meu lado. Ainda estamos com os uniformes do açougue, manchados de sangue e tudo, porque é hora do intervalo. Odeio trabalhar no turno da noite: é um silêncio danado na rua, ainda mais nesse bairro cheirando a mijo. Acendo um cigarro. Ted pede um e eu o mando à merda. Ele me chama de idiota, eu xingo a mãe dele, ele solta um palavrão e nós ficamos quietos. Aí eu lhe dou um cigarro, ele agradece e diz que eu sou seu melhor amigo.

Tim pergunta se terminamos de discutir a relação. Resmungamos qualquer coisa e ele continua sua história.

"A melhor bunda que eu já vi na vida", diz ele, "e eu já vi algumas. Deus sabe o que eu faria com aquela mulher". Depois ele coça o saco. Caramba. O Tim tá sempre coçando o saco.

"Não diz Deus e bunda na mesma frase", responde Ted, "é blasfêmia".

Ted é meio evangélico. Eu digo meio, porque ele vai nos cultos e diz graças a Deus pra tudo, mas é o maior filho da puta que esse mundo já viu. Leva carne do frigorífico escondida pra casa sempre que pode, bate na mulher e fala mais palavrão do que eu e o Tim juntos.

"Cala a boca, Ted", eu digo. Ele responde, "Não, você cala a boca. Todo dia ele vem contar essas merdas. Quando foi a última vez que tu trepou, hein, Tim? Ou tu faz a coisa, ou não faz. Não existe essa de tentar".

Eu acho engraçado: "Ah... Como um Jedi".

"Jedi o caralho", diz Ted. Ele olha o relógio, traga uma última vez com força e joga seu cigarro longe. "Vamos entrar".

Eu fico pra trás e observo meus colegas entrando de volta no frigorífico. Tá uma noite quente pra burro. Termino o cigarro e esfrego as mãos no avental. Tem sangue seco debaixo das minhas unhas. Vai demorar uns três séculos pra tirar essa sujeirada no banho.

Quando termino de fechar a porta e me viro, eles já estão em volta da cadeira onde o Sr. D está amarrado. Juro por Deus, temos uns três milhões de peças pra cortar e empacotar, o carregamento de ontem inteiro pendurado à nossa volta; mas o serviço é outro. O Sr. D. tá acabado e já perdeu uns dois dentes e não acho que ele vá enxergar com o olho direito outra vez na vida, mas uma coisa eu digo: o corno é forte. É até bonitão, quer dizer, era, antes da gente começar. De repente sinto uma baita pena do cara. Não é que eu odeie ele nem nada. É trabalho, só isso.

Ele começa a se mexer. Tim estala as juntas das mãos e vai bater de novo, mas eu ergo a mão e digo: "Espera, Tim. Acho que tá na hora de pegar o cutelo".

2. Sr. D

Meu nome é... esquece. Me chame de D. Sr. D pra você, punk.

Tudo começou com um divórcio feio. Ela levou até as minhas cuecas. Por assim dizer. Não era exatamente flor que se cheirasse. Mas, por outro lado, nem eu. Uma coisa levou à outra, e a mistura de desespero, falta de sexo e solidão me conduziu lentamente até essa linha de trabalho. Eu procuro coisas e pessoas. Não interessa se é a sua maldita avozinha assistindo a novela e tomando chá: eu arrasto a filha da mãe pelos cabelos se você pagar o suficiente.

Compro uma caixinha de suco de uva e um pastel de carne na padaria. Nunca mais tomei café. Ela costumava fazer o café.

Encontro o Raposa no lugar de sempre: a Pequeno Gafanhoto, sua pequena academia de caratê para crianças. São 11h45 e ele está terminando a última aula da manhã, cumprimentando os alunos e sorrindo para as mães. É o camarada mais gentil que eu já conheci. Olhando assim nem dá pra saber que ele pode te estripar com uma katana antes que você diga "ninja".

Depois de todos os diabinhos irem embora, tiro os sapatos e entro no dojô. Ele me vê e logo fica sério. Parece que o cara tem duas personalidades. O Barney e o Chucky.

"Ei", diz ele.

"Ei", eu respondo.

"Quem?", ele pergunta. A gente sempre tem esse tipo de conversa. Conversa de homem. Uma ou duas palavras por vez. Eu tomo o último gole do suco de uva e falo com o canudinho entre os dentes.

"Mimi Meyers".

Ele já escutou o nome antes. Sabia que, mais cedo ou mais tarde, íamos topar com ela. Se eu dissesse esse nome em voz alta pra outra pessoa, essa pessoa se ofereceria pra lustrar meus sapatos com a língua só pra se safar. Mimi Meyers. Mimi motherfucking Meyers. O Raposa sabe que haverá armas. Sabe que haverá sangue. Mas, diabos, ele é um bom amigo.

Esperamos até as cinco da manhã. Chegamos ao açougue no meu velho Maverick verde-água enferrujado. Tem uma porcaria de um passarinho cantando em algum lugar. Estou suado até a virilha. Verifico a carga da 9mm, destravo, vejo a munição extra, faço o sinal da cruz e rezo um pai-nosso e duas ave-marias. Quando termino, o Raposa está massageando as têmporas, de olhos fechados. Todo pronto, a roupa negra, a mochila cheia de coisinhas pra matar pessoas de vários jeitos diferentes, a katana apoiada entre as pernas. Sem abrir os olhos, ele pergunta: "Tem certeza?".

"Tenho".

Ele enfia o capuz negro na cabeça deixando só os olhos à mostra. Quando eu saio do carro e fecho minha porta, o Raposa não está mais lá. Você tem que admirar um cara assim, capaz de desaparecer em 0,12 segundo.

Me aproximo do portão de ferro dos fundos do açougue. Trancado com um cadeado grande. Volto ao carro, pego o alicate, quebro o cadeado, puxo a corrente e empurro a porta. Ato contínuo, o cara esperando atrás do portão quebra meu nariz e coloca um saco na minha cabeça. Outro soco, dessa vez no estômago, me dobra no meio. Me arrastam pra dentro, semiconsciente.

Cacete. Eu vou morrer, sei que vou morrer. E de um jeito bem cretino.

3. Estilo ninja

São precisos dois saltos para alcançar o alto do muro. Um, dois. Um pulo rápido para o telhado. Cheiro de fumaça. Dois ratos. Quatro baratas. Tem um homem atrás do portão. Ele nos ouviu chegar. Não me viu. É tarde para o Sr. D. Outro homem sai da porta do frigorífico e ajuda a arrastá-lo para dentro.

Corrida ninja sobre as telhas. Não cair, não cair. Sou uma pluma. O tigre e o dragão. Eu voo pelos telhados, cretinos. Luz, luz, vozes, gemidos. Janela. Fácil de entrar. Posso vê-los em volta dele. Espere o momento, Raposa, espere o momento. Posso ouvi-los. Coitado do Sr. D. Amanhã preciso acordar cedo. Treinar, meditar. Coitado do Sr. D. Eu espero. Eles fazem um intervalo.

Será a hora? Não, preciso confirmar o alvo. Eles falam bobagens. Preciso esperar. Será que já terminou de baixar Death Note? Deixei desde a manhã. Deve ter terminado. Conexão de merda. Eles voltam para dentro.

O homem fala que vai pegar um cutelo. O cutelo é uma lâmina cruel.

Ponho a mão na espada. Espera. Passos. Sapato de mulher. Mimi Meyers. Terninho colado. Coxas. Hum. Batom vermelho, óculos. Adoro mulher gostosa de óculos.

"Ele está vivo?", ela pergunta.

"Mais ou menos", responde um dos homens. Ela pega o queixo do Sr. D.

"Acorda, Daniel", diz Mimi Meyers.

Sr. D abre um olho, a muito custo. Ela sorri e diz:

"Hoje eu fui ao cinema".

"O que você viu?", diz ele, cuspindo sangue.

"*Star Trek*".

Ele ri. "Sua nerd do caralho".

Ela se aproxima, acaricia os cabelos do Sr. D. "O que você quer?"

"Vim te matar".

"Querido", diz ela, "como você vai me matar se estiver morto?".

Ela empurra a cadeira para trás com o pé e ele cai de costas no chão.

"Eu já estou morto faz tempo", diz ele, "por sua causa".

Ela põe o pé em cima dele:

"Tudo isso porque fui embora, meu amor?".

"Não. Tudo isso porque você foi embora com a minha coleção de quadrinhos".

Ela diz algo para um dos capangas, ele lhe alcança uma pistola. Ela aponta para o Sr. D.

"Você quis dizer a minha coleção de quadrinhos".

Agora! Eu quebro a janela com um chute, os cacos caem sobre suas cabeças. Eu pulo. Banzai! Eu sou o Goku! Super-sayajin! Espada em punho: são três homens e mais a Mimi Meyers. Desarmo a mulher, eles têm facas, eu tenho uma porra duma katana. Não há escapatória. Não há saída. Apenas a morte. Corto um braço, uma cabeça, atravesso o terceiro no tórax e o sangue jorra pra cima e cai sobre nós como a garoa do fim da tarde. É lindo. Mimi ainda está chocada, suja de sangue. Um soco no queixo e ela cai no chão. Solto o Sr. D. Ele pega a pistola de Mimi e se ergue à sua frente. Eu dou um passo pra trás. É o seu momento. Sangue, sangue por toda parte. É lindo demais.

4. O túmulo frio de Mimi Meyers

O Raposa literalmente caiu do céu pra me salvar. Meu herói. Diabos, o Raposa é um bom amigo. Mimi Meyers está aos meus pés. O lugar fede. Carne crua. Carne crua, exposta em ganchos. E frio. Frio por dentro.

"Eu te amava", eu olho em seus olhos, "mas tenho que te matar".

"Foda-se", diz ela, com um sorrisinho safado.

Eu fecho os olhos e disparo quatro vezes. Frio. Me recuso a olhar. Dou as costas pra Mimi Meyers. Deixamos tudo como está. O Raposa me acompanha até o carro. Ela ainda está estirada no chão.

Sentamos. Temos sangue por toda roupa, no rosto, o gosto do sangue na boca. Ficamos em silêncio por um minuto.

"Pensei que ninjas não usassem katanas", eu digo. "Isso não é coisa de samurai?".

O Raposa respira fundo.

"Eu uso o que eu quiser", diz ele, "pra matar quem eu quiser".

"Certo".

Eu ligo o carro. Viro pro lado:

"O que você vai fazer amanhã?".

"Nada", diz ele. "Amanhã é sábado".

O motor do Maverick ronca como um velho tuberculoso.

"Quer ir ao cinema?", eu pergunto.

"Ver o quê?".

"*Star Trek*".

Está amanhecendo. Aquele maldito passarinho continua cantando.

"Quero".

Um mar para Carmina

MINIBIO

MONIQUE REVILLION

CIDADE: Porto Alegre

NASCIMENTO: Dezembro de 1960

FORMAÇÃO: Jornalismo (PUC/RS)

OCUPAÇÃO PROFISSIONAL: Escrever (de tudo, um pouco)

LIVROS INDIVIDUAIS: Teresa, que esperava as uvas (2005)

PARTICIPAÇÕES EM ANTOLOGIAS: 101 que contam (2004), Contos de bolsa (2006), Outras mulheres (2009)

PRÊMIOS LITERÁRIOS: Prêmio Açorianos, categoria conto e Livro do Ano (2006)

FILME FAVORITO DE TIM BURTON: Peixe grande e suas histórias maravilhosas (2003)

FILMOGRAFIA

TIM BURTON

1988
Os fantasmas se divertem
1989
Batman
1990
Edward Mãos de Tesoura
1994
Ed Wood
1996
Marte ataca!
1999
A lenda do cavaleiro sem cabeça
2003
Peixe Grande e suas histórias maravilhosas
2005
A fantástica fábrica de chocolate
2007
Sweeney Todd, o barbeiro demoníaco da Rua Fleet
2010
Alice no País das Maravilhas

"Tim Burton, para mim, significa a capacidade e o potencial da fantasia como forma de salvação. Em seu mundo, tudo é possível, e somos todos acolhidos e salvos na sua/nossa infinita imaginação. Com uma visão de mundo muito peculiar, Burton ilude limites ao compor seus personagens e histórias, criando um universo à parte, onde seremos sempre convidados especiais. Para vencer o desafio desta coletânea, me lembrei do Pequeno Menino Ostra, rejeitado por sua mãe por cheirar a 'oceano e algas marinhas', e do inesquecível Edward Bloom e suas histórias maravilhosas, na fantástica e mítica jornada em busca de si mesmo, até a belíssima cena final."

Um mar para Carmina

Quando vieram chamar Carmina para avisá-la do acidente, ela penteava seus longos cabelos e assim permaneceu por um tempo que a todos pareceu demasiado, como se preparasse com esmero os fios de um tear. "E será possível encontrar o corpo?", foi a pergunta que fez após ouvir o relato e terminar de escovar a cabeleira farta, ajeitando-a numa trança que descia, sinuosa, pelas costas ainda úmidas do banho que acabara de tomar.

O salva-vidas, esgotado pelo esforço de tentar retirar do mar o banhista, e carregando na memória a expressão aterrorizada do homem submetido pela correnteza, nada respondeu. Apenas balançou a cabeça em negativa antes de iniciar um pranto que o fazia sacudir os ombros acostumados a enfrentar Netuno, agora arqueados em pura desolação. Sabia, na sua experiência concreta feita de sal e marés, que o afogado jamais retornaria à costa. Ali, naquele recorte de litoral, as correntes levavam os mortos para o oceano escuro de criaturas horrendas e funduras abissais.

Carmina sentiu muito perder seu amor de infância no primeiro dia da lua de mel. Após consumar o enlace na vertigem da carne, via partir o homem amado num redemoinho de espuma e solidão. Fechou os olhos para gravar a imagem do rosto amado, esculpido no altar dos afetos perenes na silenciosa liturgia particular. Então, recolheu suas coisas, a camisola bordada, os perfumes, a mala nem desfeita e o vestido de noiva pendurado num cabide, a impressão de suas formas ainda moldando o tecido grosso de cetim. Depois, agradeceu a atenção e despediu-se de todos ungida pelo recato de viúva resignada pelo irremediável dos fatos e pela ausência de um corpo para velar.

Sem alarde, despediu-se também da imaginação de mulher jovem, da feminina sedução. Naquele dia, vestia um luto de entranhas, pois sabia que o amor tivera sua chance e também não mais retornaria ao cais. Carmina, porem, não se deixou dominar pela tristeza, nem pelo rancor, pois desde muito jovem aprendera a ver além da superfície, compreendendo que sobre todas as coisas existem muitas forças em disputa e em comunhão.

Já de volta à sua aldeia, sonhou que seu amado partira em busca de descobrimentos numa nau enfeitada de bandeiras, singrando os mares entre sereias e golfinhos a sinalizar direções. Entre miragens e desejos, passou a acreditar que a alma do noivo havia se transformado numa constelação de estrelas marinhas fosforescendo no leito de areia, formando desenhos imaginários como aqueles que guiavam os primeiros capitães. O sonho se repetia noite após noite, em desmedida obsessão. Ali, via-o alegre, e também feliz ela despertava ao amanhecer. Assim, era para dentro que chorava, se lágrima houvesse para chorar.

A serenidade de Carmina aos poucos se transformou em beatitude e, enquanto sua fama escapava aos limites da vizinhança, ela se transmutava em santa milagreira, formando filas de devotos em busca de convicção. Para esses, acenava e rezava longas novenas, torcendo para que encontrassem suas próprias respostas e um consolo adequado para cada dor.

Mas quando Carmina passou a levitar, foi para todos um excesso, e o que faltava para passarem a apontá-la como feiticeira ou portadora de maldição. Assombrados com aquela mulher que pairava sobre o chão, vertendo gotas salgadas dos dedos muito longos, os romeiros desapareceram. Dominando aos poucos as artes da leveza, Carmina percebeu que se tornava mais leve na lua cheia, também conclamada a expandir-se sob o luar. Entre as tantas virtudes que adquiria, do interior das conchas ouvia não só o marulhar das vagas, mas também a quietude sólida dos grandes peixes e a pressão da massa líquida contra os continentes ainda memoriosos de outra e antiga formação.

Se foi amor, saudade ou compaixão, ninguém sabe dizer. O fato é que Carmina, a santa, a bruxa, a milagreira descrente de seu próprio poder, aos poucos se tornava, ela própria, um mar. Se já era imensa sua beleza, ganhava algo de sobrenatural. A pele, finíssima, agora levemente azul, podia adquirir outros matizes, conforme a incidência da luz do sol. Embora, no íntimo, ela tremesse ante a inédita transformação, observou com encanto a gradativa translucidez de seu corpo e o ondular de ondas sob o peito, num ritmo que as coisas vivas e não-vivas saberiam reconhecer.

De sua casa, no meio de um deserto capaz de capturar toda a umidade ao redor, brotava uma névoa de maresia e o cheiro doce de algas recém-colhidas, dando à cabana simples um aspecto de oásis cheio de verdes e promessas de bem-estar. Lá dentro, Carmina não se continha e, prenhe de águas e excessos, transbordava, empapando trapos e lençóis.

Quando alguém se dispôs a providenciar a viagem de muitos quilômetros até o litoral, Carmina se botou a cantar. Cantava em idiomas desconhecidos, notas sobre-humanas, como se os sons adquirissem sabedoria, tornando-a um mero instrumento para aquela celebração. No dia marcado, somente o motorista que a transportou pôde testemunhar, de longe, o que aconteceu. Ele conta que estacionou perto das dunas, em frente ao hotel vazio, obstáculo vertical para os ásperos sopros do inverno, não mais o refúgio para jovens casais. De seu lugar, ainda ao volante da gasta caminhonete, o homem viu Carmina descer com dificuldade e caminhar até a praia, onde o mar aquietava-se de repente e um cortejo de gaivotas fazia evoluções no ar.

Por anos, em respeitoso silêncio, a cidade guarda aqueles fatos e seus detalhes como joias preservadas sob o colchão. Mas se a lembrança surge pelos bares, se alguém se recorda da existência de Carmina, irá repetir as mesmas perguntas. Mergulhou? Jogou-se? Foi tragada? Os forasteiros não podem acreditar naquela história, e não creem nem mesmo quando enxergam com seus próprios olhos a luz intensa das estrelas submarinas, cintilando mais que aquelas do céu. Nessas horas, responde o velho motorista, já aborrecido com tamanha falta de fé. "Não", ele repete muitas vezes, "apenas se desmanchou, diluiu-se, feliz o quanto é possível, como fogo sobre fogo, vento sobre vento, mar sobre mar".

Todos os homens dizem eu te amo

MINIBIO
RODRIGO ROSP

CIDADE: Porto Alegre

NASCIMENTO: Dezembro de 1975

FORMAÇÃO: Publicidade e Propaganda (UFRGS), Estudos Linguísticos do Texto (UFRGS)

OCUPAÇÃO PROFISSIONAL: Revisor de texto e editor de livros

LIVROS INDIVIDUAIS: A virgem que não conhecia Picasso (2007), Fora do lugar (2009)

PARTICIPAÇÕES EM ANTOLOGIAS: Ficção de polpa 1 (2007), Ficção de polpa 2 (2008), Arte e Letra: Estórias L (2011)

FILME FAVORITO DE WOODY ALLEN: Manhattan (1979)

FILMOGRAFIA
WOODY ALLEN

1977
Noivo neurótico, noiva nervosa
1979
Manhattan
1983
Zelig
1986
Hannah e suas irmãs
1989
Crimes e pecados
1994
Tiros na Broadway
1996
Todos dizem eu te amo
1997
Desconstruindo Harry
2005
Match point
2008
Vicky Cristina Barcelona

“O cinema de Woody Allen não é lembrado pela competência nos movimentos de câmera, pela precisão dos planos-sequência ou qualquer outro aspecto técnico que leve ao delírio o verdadeiro cinéfilo (claro, isso não quer dizer que lhe falte competência técnica). Mas a arte de Allen é o texto: enredo, personagens e diálogos (o que se conhece por “roteiro”). Não há como sintetizar a versatilidade do cineasta de mais de quarenta filmes em um conto de poucas páginas; mas, para mim, o clima geral da obra de Allen pode ser resumido em uma frase, tirada de *Desconstruindo Harry*: é tudo niilismo, cinismo, sarcasmo e orgasmo.”

Todos os homens dizem eu te amo

— Marina, não posso mais esconder o que sinto por ti.

A jovem o olha com atenção. Alvin vai dizer a próxima frase, mas sente uma brisa fria, vinda de um ponto indefinido. Seu olhar percorre as janelas do apartamento, mas todas estão fechadas. Ele sente um toque de mão no seu ombro e percebe, também, que Marina está pausada. Alvin se vira e vê um homem de cerca de setenta anos.

— Meu nome é Carlos Oráculo, e sou o narrador desta história. Como tenho acesso aos seus pensamentos, sei exatamente o que você vai dizer. E preciso adverti-lo: é uma tremenda estupidez.

— Mas... isso não pode ser verdade. Como você veio parar aqui?

— Eu sempre estive aqui. Já disse, sou o narrador.

— Isso só pode ser uma alucinação. Eu não deveria comer tanto repolho.

— Acredite. Sou o narrador.

— Ora, você tem idade para ser o Papai Noel. Se me trouxesse presentes, talvez eu acreditasse.

— Você vai dizer que a ama.

Alvin balança a cabeça sem mostrar se está concordando ou não. Parece apenas não crer.

— É claro que eu a amo. O que você tem com isso?

— Eu já vi essa situação. E isso não é uma metáfora, não se esqueça de que, além de narrador, sou Oráculo.

— Impressionante.

— Mas me conte: o que há de errado com a sua mulher?

— Nada, nada — Alvin demonstra pouca convicção.

— Vamos, fale.

Alvin, ainda desconfiado, começa devagar:

— Bom... quando eu me casei, ela era uma jovem cheia de uma paixão idealista e seios lindíssimos.

— E agora... ela não tem mais essa paixão idealista?

— Claro que tem. O problema são os seios.

— Isso é tão infantil.

Alvin ri de canto, quase orgulhoso. O Oráculo segue:

— É sério. Precisamos falar sobre a relação com a sua mulher para entender melhor por que motivo você está prestes a se declarar para uma adolescente.

— Não sei, tem algo na Marina que parece apontar para uma nova direção.

— Sim, os seios. Já entendi essa parte. Mas falemos da sua esposa. Qual o nome dela mesmo?

— Ué, o Oráculo não sabe tudo?

— Sim, eu sei. Mas a idade está começando a mostrar seus sintomas. Minha memória já não é a mesma. Ah, e está na hora de tomar minhas pílulas. Você teria um copo d'água?

— Sim, sim. Vamos até a cozinha. Para que servem suas pílulas?

— São pílulas de farinha que eu tomo apenas para satisfazer minha necessidade de tomar pílulas.

— Nossa, quem inventou isso pode ficar milionário.

— Não importa. Onde estávamos mesmo?

— No nome da minha mulher. Na verdade, acho que não precisaria dizer. Lucinha é uma esposa genérica, representa todas as esposas que perdem o brilho depois de dez anos de casamento.

O Oráculo toma suas pílulas com sorriso de enorme satisfação.

— O que você vai dizer para ela quando pedir o divórcio? Que os seios não são mais os mesmos?

— Ah, isso não importa. Só preciso dizer a verdade para a Marina. Essa dor está me angustiando.

— Tudo bem, mas eu não vou deixar.

— Mas por quê?

— Já disse, é uma bobagem. Não vou deixar você pôr em risco um casamento sólido, desistir de um lar construído com tanto esforço...

— Você entrevistou os pedreiros?

— Um lar que precisa de energia para ser mantido. A paixão se foi, qual o problema? É agora que o amor dá as cartas.

— Eu não recebi carta alguma. E tenho o direito de me apaixonar por quem eu quiser. Você não é meu pai ou...

— Você sente falta do seu pai? É a ausência de uma figura paterna que deixou você assim tão sem limites?

— Pare com esse papo. Você é apenas um narrador, certo? Resuma-se a narrar e deixe a ação por conta do personagem. Além disso, você não deveria ser neutro?

O Oráculo mexe muito com as mãos enquanto responde:

— Sim, é um aparente paradoxo terem me dado o poder máximo, ser onisciente, e tirá-lo tornando-me neutro. Mas, ora, ninguém é neutro. Não acredite no que lhe dizem. É claro que eu finjo ser neutro; afinal, sou um narrador profissional. Mas todos sabemos que neutralidade é uma utopia. Apenas o sabão em pó pode ser neutro. E, claro, a Suíça.

— É verdade — Alvin se aproxima e inspira com força. — A julgar por essa colônia barata que você usa, creio estar diante de um narrador onisciente lavanda...

— Não brinque assim. É falta de educação fazer piadas com o próprio narrador. Além disso, você deveria ser mais cuidadoso, pois sou eu quem conta a sua história. Se eu quiser, posso descrever com todos os detalhes a sua antiga paixão pelo rabino.

— Ah, você não inventaria uma coisa dessas.

— Não me desafie. Posso ser neutro, mas não sou bobo.

— Bom, e que palavras você usaria para descrever processo por difamação?

— A minha palavra contra a sua. E quem não iria acreditar em um narrador, alguém assim tão confiável?

— Que coisa mais infantil. Jamais havia encontrado um narrador assim.

— Ah, está a me falar de maturidade um sujeito de quarenta e dois anos apaixonado por uma de dezessete.

Alvin baixa a cabeça. Pega um guardanapo e começa a dobrá-lo.

— Pois é, quarenta e dois... Sabe... Antes, eu achava que podia tudo, que nada daria errado. E não havia espaço para pensamento contrário. Eu podia. E ponto — Alvin vai até a estante e vê um porta-retrato. Há uma foto sua com o dobro de cabelo. — No fim, penso que isso é o que mais lamento.

— Isso? — ele gesticula para que Alvin prossiga.

— Não consigo saber bem por quê, mas minha onipotência está ficando impotente.

— Os velhos pensadores chamam isso de maturidade.

— Ah, e alguém já descobriu para que serve? Vamos perguntar para o Oráculo? Não, não, não... não adianta, não vou me separar da minha inconsequência. Vou brigar por ela até as últimas consequências.

O Oráculo olha para Alvin com indiferença. Caminha sem pressa até a mesa da sala de jantar e pega uma maçã. Mastiga, e o som crocante é tudo que existe ali. Alvin se dá conta de que era uma fruta de cera, mas isso não importa.

— Caro Oráculo, será que eu poderia pedir licença então, enquanto a bela Marina segue pausada — ele olha para o lado e vê a jovem imóvel —, para narrar o meu lado? Afinal, eu tenho meus motivos.

— Fique à vontade. Se eu bocejar mais de dez vezes, é porque fiquei entediado, ok?

— Certo. Em primeiro lugar, queria dizer que o lance com a Marina não vai arruinar meu casamento. É só uma escapadela.

— Ah, isso você não sabe. Mas eu sei.

— Impossível. Não vou entrar numa discussão sobre metafísica e livre-arbítrio, que isso já está batido. O fato é que acredito que o homem sempre possa agir da forma como bem entender, senão não haveria sentido algum estarmos aqui.

— Se fosse assim, eu estaria desempregado.

— Nada disso, narradores são importantes. Falando nisso, acabei de pensar numa coisa... Se você está aqui conversando comigo, quem estaria narrando esta história?

— Pedi para o meu primo.

— Ah, que bom... Enfim, preciso que você entenda uma coisa — Alvin faz uma pausa, se concentra. — Sabe... outro dia, saí com uma aluna. Fiquei olhando a Paula tirar a roupa, e me veio esse pensamento. Posso dizer que é um axioma. Definitivamente, fui feito para ver garotas de dezessete anos tirando a roupa. Só isso interessa.

O Oráculo o olha com desprezo. Alvin prossegue:

— Tudo bem, eu sei que sexo sem amor é uma experiência vazia... mas, entre as experiências vazias, é uma das mais gostosas.

— Eu já ouvi isso.

Alvin deixa o ar sarcástico, que se transforma em resignação:

— Tudo bem, eu admito que sexo sem intimidade é uma droga. Já fiz uma ou duas vezes, e não valeu. Tem gente que acha que o lance da liberdade sexual é sair à noite, pegar uma desconhecida e levar para a cama. Não é nada disso. O grande valor é poder dormir com as amigas. São pessoas com quem já tenho intimidade, já compartilhei uma série de coisas. Fazer sexo é só mais uma delas, um pouco mais empolgante que um jogo de cartas. E, também, com as mulheres dos amigos, desde que eles não fiquem sabendo, claro. Chega uma época da vida quando são essas as oportunidades. Afinal, onde há uma mulher casada, há uma chance real de adultério.

— Tudo bem, já vi que vai ser impossível fazer você desistir da ideia. Mas precisava ser com a Marina? A sobrinha da sua mulher?

— Eu já disse que estou apaixonado. É um sentimento considerado muito nobre no mundo ocidental.

— Não nesse caso! E que tal a Tati, aquela secretária da universidade? Belas coxas, seios fartos, carinha de quem... — o Oráculo faz gestos que remetem à prática de sexo oral.

— Ei, o senhor não deveria ser neutro?

— Desculpe, me empolguei — ele desiste dos gestos. — Então, esqueça a Marina e vá atrás da Tati. As chances da sua mulher descobrir são bem menores.

— De jeito nenhum. Para eu conseguir transar com a Tati, teria que fazer uso de uma técnica que os juristas chamam de penetração não-consentida. Infelizmente, há uma pena para isso.

O Oráculo o observa sem entender. Alvin insiste:

— Pode acreditar. Eu tenho um método infalível para ter certeza se uma mulher não quer nada comigo mesmo.

— Qual?

— Eu tento seis vezes.

— Ora! Bom, com a Marina, nem tentando vinte. Ela não vai querer nada... e ainda vai contar para a sua mulher.

— Não acredito em você — Alvin caminha até a mesa de centro, pega um maço de cigarros e oferece ao Oráculo, que recusa. — Mas o que eu penso é o seguinte: uma vez, vi um documentário sobre uma seita na Califórnia que, em 1995, resolveu que todos os seguidores iriam parar de fazer sexo, pois o mundo acabaria na virada para o ano 2000, e era preciso que eles permanecessem puros para que fossem salvos no juízo final.

— Isso é mentira!

— É sério. Sabe esse pessoal da Califórnia — Alvin caminha com o cigarro na mão. — Enfim, o líder era um cara muito persuasivo e mantinha o grupo unido, quer dizer, sem muito contato físico, mas unido espiritualmente...

— E o que aconteceu com eles?

— Em janeiro de 2000, protagonizaram a maior suruba de que já se teve notícia — Alvin acende o cigarro, traga devagar. — O ponto é: para que se guardar?

— Não é isso. O fato é que você vai acabar com o seu casamento. Sei que já foram várias escapadelas, mas, dessa vez, vai ser diferente. Eu estou vendo. Ou melhor, prevendo.

— É mesmo? — Alvin solta fumaça devagar.

— Acredite. E estou vendo também você sozinho daqui a um ano e meio, satisfazendo-se cada vez menos com garotas de dezessete anos. Aí, encontrará sua ex-mulher no supermercado, ela incrivelmente bela, seios arrebitados por uma cirurgia, e posso ver o diálogo entre vocês dois. E então, tem saído com alguém?, Lucinha irá perguntar, depois de um tempo, os olhos se esforçando para não aparentar o sentimento transbordante, porque ela, no fim, apenas ela dos dois tem e teve essa certeza de que há amor. Os olhos são quase-súplicas, que recebem uma resposta em voz calma, desinteressada, o pior que poderia haver – esse isolamento –, que responde É, não posso dizer que esteja passando fome, ao que ela retruca, um sussurro rouco É a coisa mais nojenta que eu já ouvi. Você mantém o sorriso amargo e diz Com certeza, você já ouviu coisas mais nojentas. Então, os olhos dela em mares furiosos...

— Pare, pare com isso — Alvin apaga o cigarro.

— O que foi?

— Está soando melodramático. Isso não faz bem para o meu estômago.

Alvin recebe um olhar sério, mas continua:

— Não, não que não esteja bem narrado. É que não estava ficando muito verossímil.

— Ah, a crítica. Sempre com essa.

— Mas é verdade. Se ela estivesse com os seios arrebitados, eu jamais poderia ser tão indiferente. Sabe, eu tenho sentimentos.

O Oráculo balança de leve a cabeça e olha para o relógio.

— Bom, acho que essa conversa já foi longe demais — suspira com algum desânimo: — Eu saio de cabeça erguida, sei que fiz o meu melhor. Mas você... não adianta, você não tem valores. É tudo niilismo, cinismo, sarcasmo e orgasmo. Quer saber? Vá em frente então. Não está mais aqui quem falou. Literalmente.

Sopra uma nova brisa fria, e o Oráculo desaparece. Alvin pensa que, se aquilo fosse um filme, o orçamento seria baixíssimo; só assim para explicar a pobreza dos efeitos visuais.

Marina respira ofegante, o rosto tomado de curiosidade:

— O que tu sente?

INQUEBRÁVEL

MINIBIO
JUAREZ
GUEDES CRUZ

CIDADE: Porto Alegre

NASCIMENTO: Setembro de 1943

FORMAÇÃO: Medicina (UFRGS)

OCUPAÇÃO PROFISSIONAL: Médico psicanalista

LIVROS INDIVIDUAIS: A cronologia dos gestos (2003), Alguns procedimentos para ocultar feridas (2007)

PARTICIPAÇÕES EM ANTOLOGIAS: Contos do novo milênio (2005), 103 que contam (2006), Ficção de polpa 2 (2008)

ORGANIZAÇÃO DE ANTOLOGIAS: O paradoxo de Tchekov (2007)

PRÊMIOS LITERÁRIOS: Açorianos de Literatura, categoria contos (2004)

FILME FAVORITO DE M. NIGHT SHYAMALAN: A vila (2004)

FILMOGRAFIA
M. NIGHT SHYAMALAN

1999
O sexto sentido
2000
Corpo fechado
2002
Sinais
2004
A vila
2006
A dama na água
2008
Fim dos tempos

"*Inquebrável* tenta expressar, em sua trama e na estrutura, o que me parece ser uma conjunção constante em *O sexto sentido*, *Corpo fechado* e *A vila*: o mítico conflito entre o Bem e o Mal. É evidente, nos filmes desse diretor — e transformo o tema no argumento central do conto —, a necessidade que cada um dos polos do mito tem da existência do outro para que possa encontrar um sentido. Não existe o Bem sem o Mal e vice-versa."

Inquebrável

Sejam sóbrios e vigiem, porque o diabo, seu adversário, anda ao derredor com modos de leão que ruge, buscando a quem possa tragar.

Epístola de São Pedro Apóstolo, 5:8

Agora que Elias está preso, não imagino de que modo conseguirei forças para manter, sozinha, a galeria de arte. Ao mesmo tempo, sei que devo fazer isso por ele, mesmo que precise reduzir as horas de ensino de teologia na universidade. Tenho a esperança de que, daqui a alguns anos, quando ele for libertado, verá que fui eficiente e consegui desempenhar bem a tarefa. Estudei a criação de cada personagem, li dezenas de depoimentos dos mestres que os conceberam. As filigranas do desenho e os maneirismos de todos eles. Para os clientes curiosos, aprendi a mostrar cada detalhe da forma e o conteúdo que as linhas e cores expressam; o quanto, nessas histórias de super-heróis, os olhos dos vilões são maiores do que os dos outros personagens; que a representação gráfica de seus olhares insinua aquela perspectiva oblíqua e avessa com que eles veem o mundo e os relacionamentos. Também aprendi a destacar, para os futuros compradores, que o inimigo genial e maléfico, que usa a mente no lugar da força, é muito mais ameaçador. Todos esses argumentos são encantadores e convincentes. Sedutores, até. Muitas pessoas acabam comprando mais de uma gravura.

Mas meu trabalho dedicado tem, além dessa, outra finalidade: enquanto me ocupo, não tenho a mente invadida pelo desespero. Volto, agora, a lhe fazer a mesma pergunta que fiz no dia do julgamento: será que o senhor, em sua função de juiz, compreende a dimensão de todos os acontecimentos? No momento em que a sentença foi fixada, não tive como discordar. As provas dos crimes cometidos por Elias eram incontestáveis. Mas, hoje, questiono se entendeu que os atos de meu filho possuíam uma lógica detalhada e uma determinação inescapável. O senhor sabe, por acaso, o que é a dor de um homem que veio ao mundo com pernas e braços quebrados como se tivesse tido quedas ainda dentro do útero? Recordo o dia do seu nascimento: eu fora ao magazine justamente para comprar roupinhas de bebê, quando as contrações começaram. Ajoelhei de dor num dos corredores. Uma das vendedoras rapidamente chegou à conclusão de que o parto teria que acontecer lá mesmo. Às pressas, levaram-me para um pequeno depósito e, pelo serviço de alto-falantes, a gerente da loja perguntou se havia algum médico por lá. Logo se apresentou um, mas quando ele chegou até nós, Elias já havia nascido. O médico ajoelhou-se ao meu lado e perguntou se podia examinar o bebê. Entretanto, ao tocá-lo, expressou, no rosto, surpresa e pavor. Então, perguntou se o bebê caíra no chão. Não, não havia acontecido nenhum acidente, o parto tinha sido rápido e fácil. Quando indaguei o porquê da pergunta, limitou-se a responder: parece que seu bebê tem algumas fraturas.

Nos dias seguintes, as consultas, os exames e a triste conclusão: meu filho sofria de uma doença rara, chamada de osteogênese imperfeita, que atinge uma em cada quinze mil pessoas. E o mal se apresentava em sua forma mais grave, ainda na vida intrauterina. Meu filho precisaria crescer em meio a cuidados especiais. Nunca poderia praticar esportes, deveria evitar aglomerações e contato físico com as outras pessoas. Até um abraço um pouco mais apertado poderia fraturar suas costelas. Se não fosse por meu empenho, é certo, teria morrido ainda menino.

Apesar das minhas precauções e das dele, sofreu várias fraturas durante a infância. Imaginem tentar controlar o arrebatamento de uma criança cheia de vida e frágil. Aos poucos, em função de tanto sofrimento, Elias foi se retraindo. Lembro, até hoje, o dia que foi o ponto de virada nessa situação. Eu chegara em casa entusiasmada com a tarde de sol que fazia lá fora e encontrei Elias sentado na frente de uma tevê desligada. Seu olhar expressava toda a tristeza do mundo. Quando perguntei por que ele não fora brincar na praça defronte à nossa casa, sua resposta determinada foi: "Não sairei nunca mais. Não quero me machucar de novo". Naquele instante, decidi que usaria qualquer recurso para salvar meu filho. "Esta foi a última vez que isso de se isolar acontece, Elias. Se Deus planejou uma queda, você não pode fazer nada a respeito. Vai acontecer. E você não pode se esconder disso sentado a vida toda numa cadeira". Então, meu filho me contou que, no dia anterior, durante o recreio no colégio, fora chamado de menino de vidro. "Eu vivo me quebrando", disse-me a chorar. Nesse momento, compreendi: se eu não criasse desafios, ele jamais voltaria a sair de casa. Foi quando inventei a estratégia dos presentes. Elias era apaixonado pela leitura, seu único e desesperado recurso de entrar em contato com o mundo. Interessava-se, especialmente, pela vida de heróis mitológicos e era um colecionador de histórias em quadrinhos. Foi a partir dessa paixão de meu filho que arquitetei a tática para salvá-lo: revistas de super-heróis colocadas em um banco da praça do outro lado da rua. Se as queria, devia buscá-las. "Do mesmo modo que nessas revistas, meu filho, você pode dar à sua história um final surpreendente e feliz. Provar que você não é um erro de Deus, um engano. E aí, tudo fará sentido".

Hoje, relembro que Elias fixara-se, muito cedo, no significado da expressão *imperfeita*. Costumava dizer que um termo decidira a sua existência. Pois se osteogênese é uma palavra carregada de vida, a adjetivação *imperfeita* deitava tudo por terra. O mais assustador para Elias, em função da deficiência, era não saber seu lugar no mundo. Só agora, passados tantos anos, compreendo: as palavras que eu lhe disse, ao comentar que poderia conferir à sua história um final surpreendente, condicionaram seu destino. Lendo revistas e mais revistas de super-heróis, Elias, frágil como era, chegou à conclusão de que jamais poderia ser um deles. Era o oposto, o imperfeito, marcado por Deus como o feio, o esquerdo, o sinistro. Aos poucos, entendeu que tudo passaria a ter um sentido se ele reconhecesse e assumisse sua natureza.

Aí é que lhe pergunto sobre as limitações das outras pessoas para compreenderem a situação. Como podem condenar por ter provocado desastres alguém que já nasceu no meio de um? O vídeo do serviço de segurança da estação ferroviária, apresentado pelo promotor, foi conclusivo. Elias aparece entrando num dos vagões com uma maleta nas mãos, como se fosse um viajante comum. Poucos minutos depois, ele desce sem a maleta. Em meia hora de viagem, o vagão explode, causando a morte de todos os passageiros. Sei que Elias provocou o desastre. Sei, também, que esse primeiro atentado começou a dar um sentido para a sua existência. A agressão e o Mal se tornaram, em si mesmos, o objetivo de sua vida. Eu entendo que meu filho procurava mostrar sua força, não a força bruta de um herói feito de músculos poderosos e ossos inquebráveis, mas astúcia e quase invisibilidade de um agente do Mal na terra.

Eu, que ao saber da doença de meu filho ficara decepcionada, hoje em dia, passados tantos anos, sinto muito orgulho por ter concebido o Adversário, o melhor aliado que Deus já teve, pois, sem ele, a existência e o sucesso da religião por tantos séculos não teria sido possível. Sempre lembro: o Bem não existe, ele é apenas um discurso sobre o Mal. Deus precisa de um oponente à altura. E eu o pari. Sorrio por dentro ao ver que as outras mulheres têm pena de mim por ter concebido um filho doente. Elas não sabem a mãe que eu sou. Desconhecem que dei origem a um ser superior, o deus das trevas disfarçado em menino com esqueleto de vidro. Há poucos dias, ouvi, em um debate pela tevê, uma arenga psicanalítica a respeito da reciprocidade estética entre o bebê e a mãe; do orgulho da mãe ao ver seu bebê forte, belo, inteligente, com potencial para ser um Einstein, um

Newton, um gênio feliz e lindo. Palavreado vazio! Não sabem o quanto Elias, o homem de vidro, é forte e poderoso. Meu sonho era ver, um dia, meu filho erguendo um desafio a Deus: "Quanto o senhor aposta que ainda ponho a perder qualquer excelente pessoa, se o senhor me der licença, é claro, levando-a suavemente pelo meu caminho?". E quando Deus, esse narcisista, envaidecido pelo elogio aparentemente submisso, lhe perguntasse quanto tempo precisaria para desencaminhar uma boa alma, meu filho teria a resposta pronta: "Não preciso de muito tempo para isso".

Dou-me conta, e com muito orgulho, que mesmo sem anjos a proclamarem ou cometas a percorrerem os céus, concebi um pequeno e poderoso ser dotado do maior de todos os superpoderes, o da invisibilidade. Fui a virgem que, sem anunciação, gerou o inimigo genial e maléfico.

Espero ansiosa o dia em que meu filho voltará a percorrer esses corredores. Astuto, explicará aos frequentadores da galeria cada uma das gravuras e com detalhes que eu mesma não alcanço. Ninguém observará aquilo que eu noto com muita facilidade: o olhar carinhoso que Elias reserva para aqueles personagens que representam a exceção, que abominam a regra, vingando-se de tanta injustiça. É na espera desse dia que aprimoro minha atividade. Quando Elias voltar, terei o meu descanso. Espero que os que aqui entrarem atentem para as palavras de São Pedro Apóstolo, pois Elias andará à sua volta e acompanhará seus passos.

IRMÃOS

MINIBIO
REGINALDO PUJOL FILHO

CIDADE: Porto Alegre

NASCIMENTO: Março de 1980

FORMAÇÃO: Publicidade e propaganda (PUC/RS)

OCUPAÇÃO PROFISSIONAL: Redator publicitário

LIVROS INDIVIDUAIS: Azar do personagem (2007) e Quero ser Reginaldo Pujol Filho (2010)

PARTICIPAÇÕES EM ANTOLOGIAS: 101 que contam (2004), Histórias de quinta (2006), Arte e Letra: Estórias E (2009)

ORGANIZAÇÃO DE ANTOLOGIAS: Desacordo Ortográfico (2009)

PRÊMIOS LITERÁRIOS: Menção honrosa no Prêmio OFF FLIP (2008)

FILME FAVORITO DOS IRMÃOS COEN: O grande Lebowski (1998)

FILMOGRAFIA
IRMÃOS COEN

1984
Gosto de sangue
1987
Arizona nunca mais
1991
Barton fink – delírios de Hollywood
1994
Na roda da fortuna
1996
Fargo
1998
O grande Lebowski
2001
O homem que não estava lá
2007
Onde os fracos não têm vez
2008
Queime depois de ler
2010
Bravura indômita

"Só tem uma coisa mais complicada que fazer um conto à la Irmãos Coen: tentar explicar Irmãos Coen. Isso é enfrentar um paradoxo mais assustador que Javier Bardem em *Onde os fracos não têm vez*. Seguinte: como explicar os caras se uma das coisas que mais me faz adorar esses dois é que eles não se explicam; não estão nem aí. Os erros cometidos por personagens bizarros, sem nada de especial para oferecer à humanidade, sem vocação para protagonismo, os erros deles vão se somando e criando histórias e universos que não querem levar ninguém a lugar nenhum. As coisas simplesmente acontecem. Com humor. E muitas vezes com uma voz em off nos dizendo que não está dando a menor bola pros manuais de roteiro. Não tem explicação."

Irmãos

Um balcão de bar: ponto de vista perfeito para um narrador onisciente encontrar as mais sórdidas histórias, aquelas sobre as quais acredito que o melhor conselho ao leitor seria queime depois de ler. Ou antes. Na maioria das vezes, antes. Sim, antes. Para que tantas traições, injúrias e injustiças fossem somente cinzas em um passado escuro da humanidade. E o que mais devem ser o passado, e também o futuro, senão escuridão? Só há de fato o presente. Isso é o que eu penso. Essa é a única luz. O resto é... sobre o que é mesmo que eu estava falando? Bem, falemos dos dois irmãos então. Nada de Caim e Abel. Comecemos pelo Eduardo, o Edu Coen como é conhecido pelos moradores daqui de Nova Arizona. Edu, o mecânico que entra agora aqui no Bar do Dude. Ei, por que mãos tão fundas nos bolsos, jovem? E esse olhar que não olha? Por que se finge um homem sério? Bem, ele não ouve meus pensamentos, já está falando com o velho Dude: "Ei, Dude, dá uma cerveja".

"Só mostrando o dinheiro, Edu".

"Pô, cara, já fiquei te devendo?".

"Se cobrar o teu irmão lá na oficina é tu me pagar..."

Eu também tomo a minha cerveja. E lembro do outro irmão. Porque sem um irmão não há irmão, não é? Mesmo que o sangue-do-nosso-sangue em questão seja alguém de nome João Coen. Esse raramente aparece aqui no Dude. A essas alturas, o jovem que estudou na capital e voltou com um diploma para pendurar no escritório da Irmãos Coen Car Service está em casa, com a esposa. Mas João também está vivo entre os goles de cerveja que seu irmão mais velho bebe para engolir a cena ocorrida no escritório da oficina hoje à tarde. Qual cena? A cena rotineira: diz que o João estava no telefone, e o irmão entrava sem bater e: "Mano".

"Shhh... não vê que eu tô no telefo... desculpe, senhora. Sim, hmhum. Sim, anotado, é só trazer o carro amanhã. Que é, Eduardo?".

"Desculpa, mano, é que"

"Já falei que aqui não tem mano".

"Tá, tá, João. É que eu queria ver se nesse mês não dava pra gente ganhar um pouco mais. É que a gente trabalha tanto, tanto carro aí, o movimento..."

"Mas será possível? Tá vendo esse diploma aqui na parede? Não tá aqui à toa, eu estudei, Eduardo, eu sou um administrador".

"Eu sei, mas é"

"Mas nada, pra administração de uma empresa, não tem nem mas, nem se, nem talvez e sem pulso firme, meu velho, o senhor aí gasta tudo. Nós que somos os sócios devemos dar o exemplo, por isso o congelamento do nosso pró-labore. É a nossa economia que faz a saúde da empresa e"

"Mas como é que tu comprou o carro novo?".

"Quem guarda tem e... ó, o telefone de novo. Tá, não faz beiço, pega aqui uns trocados e não enche... Irmãos Coen Car Service, João Coen, gerente, boa tarde".

Edu Coen continua sentado no balcão do Bar do Dude. Na cabeça dele, depois da lembrança do diálogo, restam mais umas quatro coisas a resolver:

1. Quem guarda tem? Mas como ele guarda, se a gente ganha só mil e quinhentos por mês?
2. Doze goles de cerveja.
3. Porra, a cerveja já acabou, como é que eu vou guardar assim?
4. Quem seria aquela coroa me olhando? Opa...

E chega de pensamentos. Hora de ação: Pronto, lá vai o Matador de Velhinhas mais uma vez, é o que pensam os três sujeitos sentados numa mesa, dando risinhos ao verem o flerte que se inicia. É o que você pensaria também. Lá vai mesmo Eduardo conhecer a décima nona mulher com mais de 45 anos com quem fará sexo nos seus 29 anos de idade.

O outro irmão, o João, no momento presente, janta com uma das mulheres com quem atualmente mantém relações sexuais: Janine, sua esposa.

"... e no meio dessa crise internacional, o Eduardo quer ganhar mais, dá pra acreditar, é hora de apertar os cintos, Janine".

"Às vezes eu tenho um pouco de pena do teu irmão".

"E de mim? Ninguém tem pena? Me ralei pra transformar a Autoelétrica Jair Coen na Irmãos Coen Car Service, reconhecida em toda a região, te dou uma vida de luxo, sustento aquele bocó sem instrução..."

"Tá, tá, desculpa, não começa"

"Pena daquele trocador de peça, onde já se viu, deve tar enchendo a cara com o meu dinheiro agora".

Não está não. Eduardo, neste momento, já está saindo do Bar do Dude com Elvira, a jovem senhora aquela. Ela se aproximou dele, perguntou o significado da tatuagem, disse que via uma aura triste ao redor daquele lindo homem, e o Eduardo, que o João pode dizer que é um bocó, mas não pode dizer que ele não seja homem, entendeu tudo. Caminha na noite de Nova Arizona com Elvira, ouve que ela é cartomante, conta que é mecânico da melhor mecânica da região e deixemos com eles: "Logo vi, esses braços fortes".

"É, pois é".

"Agradável a caminhada, né, Eduardo? Mas, sabe, tô tão cansada..."

"A gente pode sentar naquele banco ali".

"Não, eu precisava de um lugar mais confortável. Quem sabe, a gente toma uma coisa na minha casa, tenho umas cervejas lá".

Os mesmos olhos que Eduardo acostumou-se a ver entre pés de galinhas e maquiagens em tantas faces. Ele aperta firme com uma mão uns trocados que leva no bolso. Com a outra mão e o braço inteiro, abraça Elvira e a ideia de tomar uma cerveja tão barata.

Mas é em bares que a onisciência acontece. Aqui tudo se sabe, tudo alguém viu. Sabe-se, por exemplo, que alguns dias já se passaram nesta história. E que a cartomante Elvira, neste instante, em seu escritório-astrológico, recebe uma cliente, a saber, Janine. E é de filhos que a consultante quer saber: "Então, Madame Elvira, fico preocupada, ele só pensa em negócios, e eu acho que não é certo ter filhos tarde, sabe, fica uma diferença muito grande de idade e também fica mais difícil recuperar a forma, não é?".

As velas do ambiente, os panos pendurados pelas paredes, a janela fechada, as cartas postas na mesa, a atenção de Elvira está em qualquer coisa na sala, menos nas inquietações da consumidora da sorte.

"Madame Elvira, a senhora está me ouvindo?".

"Querida, por favor, estou concentrada nos astros. Sim, te ouço, mas vejo, ah, sim eu vejo... Veja esta carta: a Imperatriz, aqui a Estrela, aqui o Mundo. Eu vejo mudança na tua vida, mudança sim, uma grande mudança virá!".

"Será que eu vou ter um filho?".

"Filho?!".

"É, o que eu tava perguntando".

"Ah, sim, claro, claro, a mudança virá no seu tempo, é o que a Torre aqui está dizendo".

"Entendo".

Seja lá o que tiver entendido, Elvira olha uma nova carta: é o Príncipe. E finalmente a mulher se aproxima da astrologia: sua cabeça, suas ideias estão no mundo da lua. Ela olha para a carta do Príncipe e, se é de filho que Janine está perguntando, se é sobre o que vai ter na janta hoje à noite, não importa, Elvira escolhe ao acaso outras cartas e diz: "Esta é a carta da possibilidade"; "Os caminhos estão se abrindo"; "Há um homem muito importante na sua vida, não é?"; "E você terá que fazer uma escolha em breve, mas fique tranquila, você saberá"; "Veja, já é meio-dia". E, tantas cartas postas, a cartomante segue pensando no Príncipe.

Pois já tomei umas cervejinhas. Confesso que minha onisciência talvez já não esteja tão oni, mas sei, sei sim que em breve o pessoal vai chegar aqui no Bar do Dude, onde eu não me faço de rogado e tomo mais uminha, para soltar as palavras, porque afinal é disso que nós, os narradores, vivemos, de palavras e frases soltas, bem soltas, mas, porém, encaixadas, encadeadas como os elos de uma corrente. Corrente que é o símbolo da, o que a corrente tem a ver com esta história? Bem, fato é que não faço ideia de que horas sejam, mas suponho que estejamos no começo da noite. É o horário em que o Eduardo chega aqui no bar e está chegando. Cada dia uma linha a mais se desenha naquela testa, marcando o tempo em que a angústia está aprisionada na cabeça do mecânico. Mas o que o angustia?

"Pô, Edu, que cara é essa, meu chapa?".

"A de sempre, Dude".

"Toma, por conta da casa".

Edu empina o copo de cerveja. Penso até em me aproximar para servir de ouvido amigo, mas, antes que este narrador possa se intrometer na história, surge Dellano, parceiro de zaga do Eduardo nos fins de semana.

"E aí, Dell..."

"Fala, Eduzinho".

"Vê mais uma aí, Dude. Pô, Edu, tá tudo bem? Qual é o problema, grana? Mulher? Teu irmão, né?".

Atenção: antes que o Edu comece a contar sua rotina que eu já onissei de cor e salteado e de trás para frente, da relação com o caçula, que o João usa a porcaria do diploma para mandar nele, como é que João tem uma casa, um carro e férias na praia e Edu aluga um quartinho, por que parece que o João está sempre debochando dele, bom, antes disso tudo, peço ao leitor que observe aquela figura sentada também ao balcão, logo ali, fora do campo de vista de Edu. Já sabemos que essa mulher não prevê destino coisa nenhuma, mas parece disposta a modificar algumas vidas. O gelo do seu drinque já derreteu, e ela nem reparou; escuta palavra por palavra do que o mecânico diz para seu amigo, escutaria até mais, mas ouve Dellano interromper: "Cara, segura aí, tô me mijando".

O sorriso de Elvira não é simpatia com o trabalho renal de Dellano. É com a deixa para ela tomar um gole do seu white russian, engasgar com essa porcaria aguada, se recompor e dizer: "Oi, Edu, não tinha te visto aqui".

"Ah, oi e"

"Nossa! Quanta energia negativa ao teu redor, que horror, Eduardo!".

"Onde?".

Será isso que chamam de charme rude? Edu olha todo o bar à sua volta. Não sei se é charme, mas Elvira se aproveita e passa as mãos na cabeça, nos ombros, nos braços de Eduardo: "Não, menino, aqui, aqui ao teu redor, sinto tantas energias negativas, tu deve ter tido um dia muito tenso, não é?".

Parado na porta do banheiro, está o Dell. Vê Elvira, vê Edu, fala: "Ei, Dude, o Matador de Velhinhas não é fácil, hein? Já deve tar com gosto de sangue na boca o safado!".

"Mas vai repetir figurinha".

"Sério, é? Bom, não completa álbum, mas que rola um bafo, ah rola".

Depois dessa aula de sabedoria popular que nos distraiu do que importa, tentemos seguir Edu e Elvira, mas notem, eles já estão saindo do bar rumo a... rumo a..., puxa, essa mania de saber de tudo, até dos papos do Dell, às vezes atrapalha. Bom, o – se assim podemos chamar – casal está deixando o bar. Claro, claro que eu poderia ter acompanhado Edu e Elvira como uma câmera na longa noite que se passou, mas confesso que preferi ficar no Dude, botar o papo em dia, saber como andam as coisas, por exemplo, com o João. O rapaz que, como já é tradição nas quartas, avisou a esposa que a reunião iria longe, deixou Janine sonhando com bebês e ficou fazendo hora extra com Fabiene, sua secretária.

Pois acho que fiz bem quedando-me no Dude, descansei, mais um dia se passou e, de lambuja, já sei que, neste momento, Edu, mal-dormido, sai da casa de Elvira rumo à oficina. O cabelo desgrenhado, as roupas amassadas, mas os olhos nunca estiveram tão bem ajeitados na cara do rapaz. Que decisão toda é essa? Quanta confiança a essa hora da manhã. Isso tudo é vontade de trocar uma suspensão? Acordou decidido a ajustar um freio como nunca?

Parece que não. Eduardo caminha olhando para frente, mas só enxerga o atrás, o ocorrido com Elvira. Quem disser que a noite foi mágica para ele não estará mentindo. Tampouco, românticos de plantão, estará certo aquele que associar magia ao amor, a passarinhos e declarações. Talvez por parte de Elvira isso tenha ocorrido, mas, para Eduardo, o mágico da coisa surgiu quando o abraço se desfez. Os dois estavam sentados na cama e Elvira, como se tivesse tido uma grande ideia, olhou para Edu e desatou a falar de auras e energias e fluxos. Edu pensava energia, fluxo, ela quer mais uma? Edu ia começar uma carícia, mas Elvira se desabraçou e tirou uma carta da manga. Ou melhor, muitas.

"Pra que esse baralho?".

"Vou botar as cartas pra ti. Vou ler teu passado, teu presente e teu futuro. Fica quietinho aí, escolhe uma carta aqui, que a gente vai resolver as questões que te angustiam tanto, bonitinho. Ouve bem: vou mudar tua vida. Escolhe uma carta. Isso. A TORRE, Edu! Tu está preso, alguém ou alguma coisa te impede de viver tua grande paixão, não é mesmo?".

"Putaqueupariu, Elvira. É verdade..."

"Eu sei, meu amor, mas tu vai viver tua paixão, eu sinto... mais uma carta: O LOUCO. Tu vive uma rotina esmagadora, não é? É cada vez mais claro que tu precisa te libertar, antes que enlouqueça, precisa sentir teu peito bater mais forte, Edu".

"Sim! Como, como?".

"Mais uma carta e eu te digo. Repara, a RODA DA FORTUNA. Tu

dar um giro na tua vida, esquecer antigas regras e medos, meu amor, e encarar, aceitar o que está na tua frente, sorrindo para ti e... Edu, Edu, tá prestando atenção?".

"Ãhn? Sim, roda, fortuna, os medos, sim".

"Isso, pega mais duas cartas. O IMPERADOR + A LUA. É muito claro, mimoso".

"É?".

"Sim, os astros estão falando contigo: O IMPERADOR diz que tu é o senhor do teu destino, é só tomar a decisão. E a LUA diz que essa fase pode começar hoje, aqui, já, é só o imperador seguir o seu destino, abraçar ele com todas as forças, encarar o amor e..."

"Por que tá pegando uma carta, Elvira? Não sou eu quem tira?".

"É... am... não, é que pra fechar, eu tiro uma carta pra ti".

"Ah, mas como é o troço do imperador? Tudo depende de mim, é?".

"Isso, coragem, pega aqui na minha mão".

"A-hã, coragem. É, vou dar um jeito na minha vida, Elvira. Vou mudar, brigado".

"Sim, calma, ui, que beijo, mas onde tu vai, olha a última carta aqui que eu tirei pra ti: OS ENAMORADOS. Edu, menino lindo, onde tu vai com essa pressa? Olha a tua carta: OS ENAMORADOS! Volta aqui, homem!".

Eduardo não voltou. Caminhou reto para a oficina. E a porta do escritório do gerente da Irmãos Coen Car Service nunca fora aberta com tanta força, nem com tanta velocidade, nem com tanto susto para João Coen.

"Mano, quero falar contigo".

"Ei, ei, olha como entra no meu escritório. E não me vem com mano".

"Não enche".

"Olha o respeito".

"Que respeito, tu não é meu pai, tu é meu irmão caçula, tu que tem que me respeitar".

"Que papo é esse, Eduardo? Baixa a bola e diz o que tu quer".

"Eu quero terminar a nossa sociedade".

"Como é? Tá bêbado? Tava até agora no Dude?".

"Não, João, eu descobri que eu sou o imperador da minha vida. Que tu me prende aqui, eu não consigo viver da minha paixão por carros por tua causa, por causa dessa sociedade e eu vou me libertar, vou ter meu negócio, minha vida vai dar um giro, eu vou ganhar mais, é a roda da fortuna e tá rindo do quê?".

"De ti, panaca. Vai montar teu negócio, é? E quem gerencia?".

"As pessoas vêm aqui por causa do amor que eu tenho pelos carros, porque eu cuido bem deles e, se eu sair, elas vêm atrás, aí eu pago um gerente e o problema é meu. O que é? Para de rir".

"Tá bom, Eduardo, agora vai pra tua paixão, senão atrasa o serviço".

"Como assim? Não me ouviu? Como é que a gente faz?".

"Ouvi sim. Não faz".

"Como é que eu saio da sociedade?".

"Não sai, não pode".

"Ah, não me vem com essa".

"Não, tu é que veio".

Enquanto eu tomo mais um gole de cerveja, respire fundo você, ou tome uma biritinha também e prepare-se para a sordidez humana, para pensar será que ao fim e ao cabo o que nos separa dos animais é a vilania e não o polegar opositor, muito menos a razão? Razão, onde ela vive? Qual a morada da razão? Onde estávamos mesmo? Ah, sim, Eduardo ficou olhando a cadeira vazia, para o homem que não estava lá, porque João está abrindo o cofre da empresa e retirando alguns documentos. Eduardo pensa em torres, imperadores, palavras. Palavras, João está mostrando palavras para o irmão: "Ó, lembra? Quando eu voltei da capital, a gente foi comemorar no Dude, lembra? E tu assinou aqui, ó".

"Mano, tu já me deu tanta coisa pra assinar, sei lá".

"É, mas lê aqui".

"Que que isso quer dizer?".

"E ainda quer abrir um negócio, não sabe nem ler uma procuração que me dá plenos poderes pra te representar, meu irmão".

"Tá, mas agora eu não quero mais".

"Desculpa, mas não é assim que funciona no mundo dos business. E tem mais uma coisinha. Com os poderes em mim investidos"

"Fala que nem homem".

"Pois é, meu irmão mais velho, se eu não soubesse que tu é um analfabeto funcional, te pediria pra ler aqui o contrato social da nossa empresa, que, como teu procurador, eu reformei, pra nossa segurança. Aqui diz art. 5°: a sociedade só será desfeita mediante assinatura dos dois sócios, ou por motivo de falecimento de uma das partes, ou seja, maninho: não vai dar pra desfazer nosso negócio. Eu não quero e, como tu vê, eu tô aqui, vivinho da silva. Quer falar mais alguma coisa?".

Tivesse Eduardo assistido mais tevê na infância, em vez de desmontar tevês, rádios, brinquedos, e ele imaginaria seu irmão dando uma gargalhada diabólica no melhor estilo vilão. Em vez disso, olha todos aqueles papéis, organiza o que foi dito com o que pensa e:

1. Acho que me fudi. Como eu sou burro.
2. Ei, meu irmão, cadê você? Onde foi parar meu irmãozinho?
3. Mas as cartas, o imperador, a Elvira falou...
4. Só com a assinatura dele.
5. Putz, já é tarde, tem que revisar aquele Gol.

Há tardes que pedem como melhor definição um bom, velho, desgastado e repetido clichê como o de dizer que pareceu que o tempo não passou. Isso serviria para falar de uma tarde como a de Eduardo, pouco trabalho, muitas dúvidas, nenhumas soluções e tempo contado aos centésimos, aos milésimos. Ou poderia se clichezar a tarde de Elvira de tantas previsões, predizeres, prenúncios e nenhuma luz sobre o passado recente, sobre Edu a correr, deixando o destino por ela antecipado para trás. Ou ainda a minha tarde aqui, de poucas e nem tão boas novidades e histórias, tomando minha cerveja e buscando a onisciência dos fatos.

Fatos. Um deles é o desencontro de Elvira com seu mecânico encantado. Será esse o centauro do imaginário feminino? Uma composição do masculino-pornográfico-enviagrado "mecânico" com o principesco-genro-que-a-mamãe-sempre-quis "encantado"? Há nessa figura, sem dúvida, a similitude com o próprio centauro, mezzo homem – o príncipe –, mezzo cavalo – o mecânico –, não é mesmo? Compreendem? O que eu não compreendo é onde eu ia com essas ideias. Mas interessante é que já é noite, e, nesta noite, não é só do Bar do Dude que precisamos saber. Há também o posto de gasolina na saída da cidade, onde um Chevette, uma Parati, um Gol, um Edu e um Dellano estão se abastecendo.

"Ah, para que tu acredita nos papos dessa coroa, Edu".

"Mas faz sentido, Dell. Eu tenho que dar um jeito na minha vida".

"Mas não precisa de cartas pra adivinhar isso. Só de falar contigo se vê a merda que tu tá".

"Ô, não fala assim".

"Foi mal, mas é que esse teu irmão".

"A gente tem que dar um jeito no meu irmão.

"A gente?".

"Pô, Dell, tu é meu único amigo. E se eu tiver a minha oficina, tu podia ser meu sócio, eu não tenho cabeça pra contas. Não era uma boa?".

"Pode ser, mas o que tu tá pensando?".

"Sei lá, pelo que eu entendi, a gente tem que sumir com aqueles papéis".

"Mas deve ter cópia no cartório, no advogado, Edu".

"É? Então o mano tinha que assinar um troço desfazendo a sociedade".

Elvira não sabe desse diálogo. Nem de nada o que aconteceu nos três dias que se seguiram a ele. Sim, mais três dias se passaram e a mulher deve ter pedido a Deus, aos astros, ao diabo para ter de fato poderes místicos. Nenhum arcano, nenhuma carta, nenhum bilhete com notícias do seu

Edu. Ele não apareceu no Dude, não foi visto pelas ruas, nem em previsões para o futuro. Por isso aqui está ela, como de costume, sem fazer ideia do que está para acontecer, botando o tarô para uma nova cliente: "Hmm... A Rainha e O Carro. Vejo uma visita inesperada por acontecer e..."

"Elvira, preciso falar contigo agora mesmo".

"E-e-edu?".

A cliente olha Edu, olha Elvira. Se isso não foi planejado, é a maior cartomante do mundo, pensa ela. A mulher previu uma visita e olha só: um homem entra gritando, já puxa a cartomante pela mão, a cartomante faz que resiste, mas já se levanta. Entre o sentar e o estar de pé, lembra-se da cliente e olha para ela: "Madame Elvira, duas coisinhas".

"Me desculpe, querida, é uma urgência, você veja..."

"Tá, mas só me diz: vai ter mais movimento? Posso voltar amanhã?".

"Sim, sim".

"Vem, Elvira".

a) Demorou, mas a ficha caiu e Edu não vê a hora de viver sua paixão?

b) Tesão, é tesão, Eduardo é jovem e está que não se aguenta?

c) Vai pedir pra colocar mais cartas, o bobinho, tímido?

De todas as opções possíveis, só uma poderia ser marcada com certeza: d) Elvira não tem nenhuma vocação para futuróloga. Tudo o que ela conjumina no caminho entre sua sala de cartomante e o quartinho do mecânico não a fará, jamais, imaginar o que irá ouvir agora, logo depois de escutar Eduardo bater a porta da peça onde vive.

"Por que tu não avisou que o meu irmão ia morrer?".

"Ãn? O quê? O que que aconteceu?".

"Sei lá, essas torres, imperadores, não sei, mas o João tá morto".

"Calma, calma, meu deus, Edu, te senta, me conta direito essa história".

Adoro ouvir histórias para contar depois. Por isso, recomendo: faça como o Edu. Se estiver de pé, sente-se. Se já sentado estiver, encoste-se e comece a visualizar junto com ele o acontecido. Ele rememora primeiro a conversa com Dellano, em que se tornaram sócios em um contrato verbal. Também fala dos planos que os dois armaram para tornar a sociedade possível. Conta o Eduardo e escuta a Elvira que era sabido dele e de todos os mecânicos que, nas noites de quarta, o gerente João Coen fazia serões em seu escritório com a sua secretaria Fabiene. Convencido pelas cartas como estava Edu, achou que aquele era o melhor momento para esse ajuste final de contas com João. E, nesse relembrar, logo o mecânico já está revivendo o momento em que ele e Dellano entram no escritório da oficina.

Uma poltrona de couro. Sobre a poltrona, João Coen. Sobre João Coen, a secretária Fabiene enganchada e mais nada, nem mesmo as roupas dela.

É o que a dupla encontra no escritório da gerência da Irmãos Coen Car Service. É o que eles fotografam com a câmera empunhada por Dellano. É o que João percebe que está sendo fotografado e salta da poltrona para evitar que mais seja registrado. Poltrona jogada para trás, Fabiene para cima e para o lado, João corre na direção de Dellano. Mas Eduardo intervém, agarra o irmão no caminho.

"Fotografa, Dell, fotografa tudo".

"Tá louco, Eduardo! Me larga, para Dellano, desliga essa merda".

João se debate preso numa chave de braço dada pelo irmão. Dellano aponta a câmera para os dois.

"Não, Dell, dá o flagra na Fabiene pelada".

Dell vai fazer isso mesmo. E flagra a secretária nua sim e também caída no chão, próxima à quina da mesa, imóvel, com uma poça de sangue ao redor da cabeça. Primeiro a câmera é desviada, depois os olhos. Só não tem como desviar do assunto: "Edu, acho que deu merda com a mina. Ela não se mexe".

Os três olham a mulher. De três ângulos diferentes, os três reveem o susto de João com o momento paparazzi. Reveem o seu salto da poltrona e o salto de Fabiene, arremessada do colo dele. Cada um completa na sua imaginação o voo da mulher em direção à quina da mesa, ao chão, ao gosto da criatividade. E não precisa ser onisciente como eu para saber o que aconteceu com a secretária, mas os três preferem se certificar, acocorados, numa medicina de série policial. Dellano confere o pulso, Eduardo aproxima o rosto e sente a não-respiração e João observa.

"A gente vai ter que sumir com esse corpo, seus panacas".

A fria vocação de João para gerenciar não tem hora mesmo para se manifestar. Eduardo e Dellano, ainda de cócoras, nem têm tempo de entrar em pânico com a presença da morte. Olham para o bacharel em administração, que, braços cruzados, em pé, observa tudo do alto. Mas Eduardo vê mais do que o gerente, do que o irmão, vê a carta da torre, vê a carta do imperador, vê a carta da roda da fortuna. Embaralha todas elas e diz: "A gente some com o corpo, mas depois que tu assinar aqui".

"Assinar um papel em branco, Eduardo? Tá louco".

"Então, tá, Dell, vamos nessa".

"Ei, peraí, vocês não podem ir assim, tem uma mulher morta ali. E a minha reputação? E as impressões digitais de vocês também tão nela".

"Putz, e agora, Edu?".

"Ãhn, mas se a gente botar as fotos na internet, quero ver darem bola pra nossas impressões".

"Boa, Edu".

"Mas eu denuncio vocês".

"Ferrou, Edu".

"Daí vai todo mundo preso então".

"É, isso! Não, que é isso, Edu? Eu não quero ir preso e

"É, que papo é esse de todo mundo vai preso, Eduardo, tá louco?".

Eduardo está louco sim. Para entender como foi parar ali. Onde estava a libertação, a paixão que ele ia viver? Sua roda da fortuna? Não consegue responder nem a essas nem às perguntas de Dell, nem às de João, se sente no colégio em frente a mais uma irrespondível prova de matemática ou geografia.

Falando em geografia, quando Edu recupera a orientação já vê Dellano saindo do escritório, segurando os pés da falecida Fabiene. Na frente, conduzindo o cortejo, João carrega a moça pelos punhos. Os dois já vão na direção da escada, rumo ao térreo da oficina, em busca de algum esconderijo tão bem escondido que Eduardo não cogita qual seja. Não cogita para onde vão e não quer acreditar que Dell seja ajudante de João agora. Mas e a torre, o imperador, a lua, a roda da fortuna, o louco? Louco, Eduardo vai atrás da dupla fúnebre, já nos seus primeiros passos escadabaixo.

"Espera, Dell, para aí, não ajuda ele, e os nosso planos?".

Planos. Ora planos, Eduardo. O que se segue é a prova de que planos não existem, nem planos, nem projetos, nem planejamentos, a vida é um constante de repente e, bem, como eu dizia, a vida é um constante de repente e é de repente que Edu para Dell, que de repente deixa escapar os pés de Fabiene, que de repente vira um peso dobrado sobre João que de repente rola escadabaixo com um cadáver e, de repente, são dois cadáveres, um com a cabeça partida o outro com o pescoço. E os planos, Edu? Alguém planejou isso? Pois, acreditem ou não, toda essa história contada para Elvira e rememorada por ele, o homem ainda crê que alguém planejou tudo isso.

"Hein, Elvira? Vê aí nas cartas: e agora? Eu sei que eu tô livre porque ele morreu, mas eu não queria que fosse assim, que que eu faço?".

Elvira não quer ver cartas coisa nenhuma. Que futuro, se é o presente já está tão nebuloso. Primeiro, ela precisa conseguir enxergar tudo o que acontece no já.

"Edu, mas por que tudo isso?".

"As cartas, Elvira, eu fui me libertar do João pra viver minha paixão".

"Sua paixão?".

"Pelos carros, pela oficina".

"Meu Deus! Mas esses corpos, homem, que vocês fizeram deles?".

"Calma, isso tá resolvido por enquanto. Botei no porta-malas de um cliente que só vem buscar o carro na semana que vem".

"Edu, isso não é arriscado?".

"Não, só eu que mexo nesse carro, ainda falta fazer a pintura, leva uns dias".

"Ai, e o Dellano, ele não vai fazer bobagem?".

"Não... a gente vai se encontrar de noite pra pensar no que fazer. Mas então, Elvira, põe as cartas pra gente ver o que vai acontecer".

"Que cartas, Edu? Olha a hora. Tu tem que ir pra oficina. O João já não tá lá, se tu não for... Vai, vai como se nada tivesse acontecido. De noite, a gente se fala".

É o efeito inebriante da cerveja ou os acontecimentos estão voando mesmo aqui na pequena Nova Arizona? Mortes, paixões, o enfrentamento com o próprio destino. No fim das contas, a individualidade humana, o livre-arbítrio são meras falácias, é o que eu penso. O que são os humanos senão ovelhinhas, rezes, correndo em direção à morte certa? Uns correm pela esquerda, outros pelo centro, uns mais devagar, outros mais depressa, mas, ao término da jornada, acompanhados ou solitários, PÁ!, a marretada final. Marretada? Pois é, não sei, deve ser influência do universo da oficina onde já está Eduardo, ouvindo de muitos que nem seu João, nem dona Fabiene vieram trabalhar, assim como está respondendo para outros tantos que não sabe do irmão, esse nunca lhe disse a que vinha ou a que ia. O mecânico procura algo com que ocupar a mente até o fim do dia, quando as conversas com Dellano e Elvira darão um jeito nessa confusão toda. Decide ir revisar o carro mais valioso da oficina no momento: um Alfa Romeo 99, vermelho, pintura por fazer, motor 2.0, trio elétrico e dupla de cadáveres no porta-malas e, opa, mas que cara é essa, Edu?

"Ô, Pontes. Onde é que tá o Alfa Romeo do doutor Argemiro?".

"Seu Eduardo, o doutor levou, eu mesmo que entreg

"Levou? Levou o que, Pontes?".

"Levou o carro, seu Eduardo".

"Mas como, tinha que pintar e tinha o problema do porta-mal

"Olha, desse problema do porta-malas eu não sei, mas o doutor Argemiro chegou dizendo que o neto nasceu antes, que precisava do carro assim mesmo, trazia depois, que pagava mais se fosse e o caso".

"Não acredito".

"Ué, o velhinho saiu tão feliz".

"Pra onde que ele foi?".

"Não sei, não sei, disse esse negócio do neto que nasceu em Santinha das Cruzes, mas pode ter ido pra casa, vai saber e, seu Eduardo, seu Eduardo?".

Nem adianta chamar. O jovem já está correndo pelas calçadas e gramados e ruas, vai na direção da casa de Elvira. Mas o que ele quer agora com ela se o problema está no carro do doutor Argemiro? A cartomante quer saber o mesmo, mas Eduardo, sem respirar, sem dar brecha para nenhuma pergunta mais, explica toda a situação e conclui: "Tu tem um carro, né?".

Amor, culpa, desespero, olhinhos de cachorro abandonado do Edu. Vai saber qual foi o verdadeiro argumento para convencer a mulher e agora termos os dois dentro de um Fusca amarelo 77 a toda velocidade possível para um Fusca amarelo 77 rumo à casa do doutor Argemiro. Durante o trajeto, Elvira bem que pergunta o que ele fará, o que pretende. Mas já é sabido que o forte do moço não é arquitetar bons planos, portanto ele vai e vai e vai, dirige, dirige e dirige, pisa, pisa e pisa e só se preocupará com o que dizer quando bater na porta da casa na frente da qual ele estaciona o automóvel agora. Desliga o carro e, antes que Elvira solte o cinto de segurança e pense em destravar a porta, o mecânico já está apertando a campainha seguidas vezes como se ela fosse um acelerador dos pés das pessoas da casa.

"Boa tarde, moço".

"Oi, o doutor Argemiro está?".

"O doutor não, ele acabou de sair com a esposa pra Santinha das Cruzes".

"De carro? Pra Santinha das Cruzes?".

"Ãm, sim, o neto nasceu no hospital universitário, aqui na cidade não tem matern

"Mas e ele, ãm, veja bem: eu sou o mecânico dele, tinha um problema no porta-malas do carro, um probleminha, dois na verdade, ele não reparou, não disse nada?".

"Olha, seu moço: acho que não. Mas é grave? Perigoso e

"Não, mas eu fiquei preocupado".

"É que ele chegou buzinando, nem desligou o carro, foi dizendo pra dona Clô descer, que não precisava pegar nada, queria ir direto pro hospital, encontrar o neto que nasceu e sei lá mais o que e

"Tá, mas então ele nem falou dos defu, defeitos do porta-malas?".

"Tô dizendo, seu moço. Acho que nem abriu o porta-malas. Se a dona Clô demorasse um segundinho mais, nem ela ia, o homem só pensa no neto, só quer ver o bichinho, acho que de noite eles tão de volta e moço, moço, aconteceu alguma coisa? Onde é que o, quer deixar recado?".

Para a empregada, Eduardo deixa as costas. O recado ele já está dando, mas é para Elvira que pergunta o que ela disse, o que aconteceu, onde ele está?

"Elvira, volta pro carro. O doutor tá na estrada. E a gente vai atrás dele, ele tá indo pra Santinha, a gente tem uns trinta quilômetros pra buscar ele. Confia em mim. Ele é velhinho, dirige devagar, eu sou braço, entra".

"Tá, mas e os corpos?".

"Não sei, parece que ele não viu ainda".

Mas vejam só: o Dellano. Deve estar louco para encontrar o Edu. Nem anoiteceu e já dá as caras aqui pelo bar. E que caras. Dá muitas caras o Dell: cara de nervosismo, cara de ansiedade, cara de dúvida e cara de que nem imagina o que eu e você já sabemos que está acontecendo neste momento nas estradas. Dellano pede uma cerveja para o Dude. Eu sigo o rapaz, molho a garganta também, porque, Dellano, meu amigo, ainda há muito o que contar. Uma pena que você não vai prestar atenção em mim, entretido que está com suas culpas, com se perguntar se o Dude desconfiou de alguma coisa.

Dellano, você não saberá que Eduardo espreme o pedal do Fusca de Elvira, como Elvira gostaria que ele a estivesse espremendo neste instante. O silêncio, o perigo, o vento batendo no rosto de Eduardo, a definição dos braços do rapaz ao segurar o volante nas curvas, a cartomante consegue aproveitar o momento, quase pensa que é a sua primeira viagem com Eduardo, chega a esquecer dos motivos por que estão na estrada. Se, no auge do nervosismo, ela chegou a pensar que o amor custa caro, agora o amor está em liquidação no seu imaginário. É a magia da estrada, essa que é uma das grandes metáforas da humanidade. Aliás, não seria o conceito de humanidade uma grande metáfora criada para que nós, seres humanos e, epa, acho que perdi alguma coisa, mas Edu está tocando a perna de Elvira. Está sentindo o mesmo que ela? A cartomante toca o próprio peito, olha para o jovem, ele vai falar: "Eu falei, eu falei, Elvira!".

Elvira põe a mão sobre a mão do rapaz. "Sim, falou, falou sim. Falou o que mesmo, amorzinho?".

"Tá ali, falei que eu alcançava o doutor Argemiro".

Eu e o Dellano aqui tomamos nossas cervejas e tentamos relaxar. Mas sabe quem não consegue dar descanso para seus pensamentos? A pobre Janine. A viúva que, sem se saber nesta condição, resolve ligar para Eduardo, numa vã esperança de que o cunhado lhe dê notícias sobre seu marido. Ver uma mulher nesta situação é uma das grandes angústias da onisciência. Vê-la contar quantas vezes o telefone chama sem atender é das coisas que eu preferia não saber. A vontade é de compartilhar com ela o que sei, explicar o que acontece do outro lado, que os barulhos de um Fusca em alta velocidade podem ser piores para o sistema de telefonia que estar fora da área de cobertura. Gostaria também que ela soubesse que Edu já tem que prestar atenção no carro do doutor Argemiro, tão próximo, e também em suas ideias:

1. Posso bater na traseira, o porta-malas abre, eu bato de novo e não.

2. Já sei, jogo o carro pra fora da estrada, que nem em filme e, não, não quero matar mais ninguém.

3. Se eu buzinar, der sinal pra ele parar? Mas daí como eu tiro os corpos?

4. Hm, as meias-calças da Elvira...

Não, não pensem que a libido do mecânico é tão poderosa. Aliás, prestem atenção no que se segue: "Elvira, tira a meia-calça. Máscara de bandido, a gente bota na cabeça que nem ladrão. Eu emparelho o carro com o do doutor Argemiro, e a gente manda encostar, é um assalto, daí a gente

"Isso não vai dar certo, Edu.

"Faltam dez quilometros pra Santinha das Cruzes. É a nossa chance".

"Ai, meu Deus".

Que horas serão isso, meu Deus? Porque é um momento em que todos ficam apressados. O doutor Argemiro, ansioso com a proximidade do neto, acelera. Edu vê o Alfa Romeo se distanciar um pouco e pisa também. Elvira sente o tranco do fuquinha em acelereção e trata de rasgar as meias. Janine vê a noite e não o marido chegar e decide ligar mais uma vez para o Edu. Dell estranha que o amigo ainda não tenha aparecido no bar e pede mais uma. E mais uma vez vou me permitir um clichê. Todas essas pressas me fazem lembrar da inimizade entre a pressa e a perfeição. Pois Elvira, meia-calça na cabeça, está mascarando Edu, e o jovem faz o Fusca esquecer que é um Fusca de tanto que corre para alcançar o Alfa Romeo do apressado doutor Argemiro. Edu acelera, é como se cada um dos 76 cavalos do motor fosse tomado de uma bravura indômita, selvagem, e começa, acreditem, a ultrapassar o seu até então cliente. Emparelha, está lado a lado, buzina, liga os piscas, grita com Elvira: "Vai, Elvira, grita que é um assalto, grita".

Dentro do Alfa Romeo, o velhinho olha para a esquerda, sua esposa também, mas o que é isso, devem estar pensando. Devem lembrar também dos remédios do coração. Edu sente a coxa vibrar para além da trepidação do carro. É o telefone que toca no bolso, é Janine que anda de um lado para o outro em casa pedindo que Edu atenda. Mas Edu não sabe que é o celular, só acha que o Fusca está no seu limite: "Grita, Elvira, ameaça, ele tem que parar".

E olha para o painel trepidando, olha para o câmbio, como se buscasse mais uma marcha e vê uma luz piscando dentro do seu bolso, mas não tem como ouvir o toque do telefone por causa do motor e porque Elvira grita muito alto, como se botasse uma nova carta para ele: "Edu! O cavalo".

Janine olha o telefone e vê que a ligação caiu. Dell olha para os lados procurando alguém. Um cavalo no meio da estrada vê um fusca amarelo desviar. Doutor Argemiro vê um fusca amarelo com dois mascarados se jogar na sua direção. Edu vê que o doutor Argemiro tenta desviar, mas sem reflexo suficiente. Elvira vê o cavalo ficando para a esquerda e o doutor Argemiro cada vez mais perto.

E eu vejo dois carros se chocando, um cavalo fugindo assustado, dois automóveis saindo da pista, uma cena que é um verdadeiro delírio de Hollywood. Os veículos se chocam, começam a capotar, ganham amassados e mais amassados que nem mesmo Edu consertaria e não terá mais como consertar. Elvira é a prova de que não se controla ou se prevê o destino, ou então não estaria se encontrando com ele de forma definitiva, no momento em que seu rosto encontra com o painel do que um dia foi um Fusca; o Fusca que finalmente termina de capotar para receber de encontro o Alfa Romeu do doutor Argemiro. Um choque violento, uma crueldade intolerável com o pequenino Émerson que, neste momento, antes de tomar consciência de si e do mundo, perde os avós. Por fim, com a força de tantas batidas e choques, o que eu vejo é o porta-malas, caixão às avessas, abrir e revelar, para os primeiros curiosos que já começam a parar na beira da estrada, João Coen e sua secretária nua, abraçados.

Pessoas começam a se aproximar, a descobrir que há um casal em cada carro e um no porta-malas. Eu vejo o Dude se aproximar de mim e peço mais uma cervejinha, não, algo mais forte para beber os mortos. Que descansem em paz esses que a Nova Arizona nunca mais regressarão.

Restou o Dell aqui no bar. A Janine sozinha em casa.

Fiquemos com o Dellano que começa a mostrar olhares de desconfiança. Pergunta as horas. Onde estará seu amigo-sócio-cúmplice Eduardo? Fugiu? Foi preso? Entregou Dell para os policiais em troca de proteção? Calma, Dell, isso, procure se distrair olhando para a televisão, deixe sua atenção ser atraída pelo plantão de notícias, veja os bombeiros e paramédicos tirando dois corpos do porta-malas de um carro que, sim, Dell, lhe é familiar, não é mesmo? Veja a legenda na tela "Acidente com seis mortos" e tente imaginar que mortos são esses, leia a nova legenda "Mulher nua e homem encontrados no bagageiro intrigam policiais" e peça mais uma cerveja e se pergunte sobre o Edu, Dell, mas, calma esse gole pode esperar, veja quem surge entre os mortos já identificados: Eduardo Coen; Elvira Fargo de Souza e Argemiro Miller. Os outros aguardam identificação.

Não consigo ver tristeza nos olhos do Dellano. Diria que ele até pode estar aliviado no fim das contas. Toma um gole, descansado, com gosto de cerveja e não de ansiedade, acho que está tranquilo, deve se sentir livre, por que não? E, por favor, não o chamem de fraco por isso. Ou chamem, qual o problema, esta não é uma história onde os fracos não têm vez, muito pelo contrário.

É de fraquezas que estamos falando até agora, não é mesmo? Veja Janine, aos prantos, sentada em seu sofá. Onde estão as forças dessa mulher, chamada pela polícia para reconhecer o corpo do seu marido, provavelmente vítima de um acidente de trânsito? Ela pensa que a vida não faz mais sentido, em ligar para os pais, em pedir ajuda. Não tem e não terá forças para pensar que agora ela é herdeira, proprietária da Irmãos Coen Car Service, no que fará com ela, que talvez precise de um gerente, que talvez o Dellano se apresente no velório como um amigo, como um possível profissional, que talvez o aperto de mão entre os dois transmita mais do que profissionalismo, que talvez Elvira tenha acertado pelo menos uma previsão, que talvez sim mudanças e um filho estejam chegando. Talvez, talvez, talvez, como diz uma velha canção cubana, mais do que qualquer frase de efeito, talvez, talvez, talvez é a única definição do que está por vir, para a próxima palavra que vou dizer. Para os que procuram certezas, eu ofereço talvezes, quem-sabes e a insegurança. Não se pode ter certeza nem do passado. O que autentica as histórias contadas? O que certifica o futuro? E por que toda essa falação? Qual a história mesmo?

MINIBIO
PENA CABREIRA

CIDADE: Porto Alegre

NASCIMENTO: Novembro de 1953

FORMAÇÃO: Autodidata

OCUPAÇÃO PROFISSIONAL: Empresário e diretor cinematográfico

PARTICIPAÇÕES EM ANTOLOGIAS: 102 que contam (2005), Ficção de polpa 2 (2009), Brazil – a traveler's literary companion: loss (2010)

FILME FAVORITO DE TERRY GILLIAM: Brazil – o filme (1985)

FILMOGRAFIA
TERRY GILLIAM

1975
Monty Python em busca do cálice sagrado
1983
Monty Python e o sentido da vida
1985
Brazil – o filme
1988
As aventuras do Barão de Münchausen
1991
O pescador de ilusões
1995
Os 12 macacos
1998
Medo e delírio
2005
Os irmãos Grimm
2005
Contraponto
2009
O mundo imaginário do Doutor Parnassus

"

O minuano castigava o mundo lá fora e eu, ao lado do fogo amigo, me empanturrava de vinho e pinhão cozido na chapa. Quando peguei no sono, o Terry Gilliam veio me importunar com um roteiro lá da cabeça dele, que se passava num universo asfixiante e apocalíptico como o de *Brazil – o filme*, que tinha um personagem arrogante e impetuoso como o de *Contraponto* e uma menina lindinha e corajosa como a de *As aventuras do Barão de Münchausen*, e, cá entre nós, a história era esquisita como a de *O mundo imaginário do Doutor Parnassus*. Acordei encantado com a criatividade do indivíduo e pensei: vou pegar essa loucura pra mim. Acontece que a linha da memória foi me escapando, as imagens se dissipando e o que era bom acabou-se. Mas não perdi a viagem, entrei no meu mundo e inventei este conto."

O CONCHÁRIO

Não dou respostas, apenas aponto para o óbvio que ninguém quer ver, de um modo engraçado. E quando as pessoas pegam-se rindo daquilo, espero que elas pensem: "Ei, eu não deveria estar rindo, isso é horrível".

TERRY GILLIAM

Lá no extremo sul, onde as tempestades fundem o mar com o céu e a areia fina cega os olhos, as forças da natureza têm suas próprias regras e estabelecem condições cruas àqueles que lá nasceram e teimaram em ficar, aos que amam os Campos Neutrais e sua imensa praia – a maior do mundo. É dessa gente, seu oceano, ventos e dunas que vou falar. É de suas crenças que vamos nos alimentar e em suas histórias improváveis que vamos acreditar.

Tempos atrás, por essas bandas, onde a verdade e o desvario se enroscam, resolveu baixar um pernóstico lá de Pelotas com seus amigos pela beira-mar num Studebaker Champion 1950 champanhe metálico, sem dar bola pros avisos sobre o conchário vivo com seus sessenta quilômetros de atoleiro que vez por outra toma conta da praia. Ora, todo mundo sabe, pra esse conchero não tem andejo, nem doutor – o metido atolou como todo mundo. Balaqueiro e mandão de primeira, o homem não se conformou com a situação e obrigou todo mundo a sair pra empurrar o carro, só que, quanto mais giravam as rodas no mesmo lugar, mais afundava o bonitaço. O abonado ficou furioso e fez daquilo uma loucura tão grande que as parcerias se indignaram e largaram de mão, deixando o homem solito no más. E como a desgracera não vem desacompanhada por essas bandas, começou a cair aquela chuva guasqueada de encurvar taura; e o tipo lá, cravado como estátua posando pro nada e se apostrofando com o mar como se ele fosse o culpado. Aí já viu, mexeu com o Tenebroso, se enroscou. É peleia perdida na certa. A maré começou a subir e nunca mais parou de chover. Nessa hora, o homem se extraviou de vez, alucinado, começou a chutar o carro, dar soco e se atirar de lombo inteiro contra a lataria que se afundava muito rápido no meio do marzão de conchas. Essa sandice durou um tempo, até que, de pelego murcho e encurvado, foi virando um piá mijado. Começou a choramingar e, como uma lesma, se encaramujou pra dentro do carro. Trancado lá dentro, afundou junto, devagar e sempre. Passado o temporal, o povo foi procurar o vivente e não achou nem calombinho de pista, mas sabiam que o carro tava lá, enterrado e servindo de ataúde pro defuntado atrevido e sovina. É o que acontece com quem afronta o Tenebroso, sem tirar nem pôr, principalmente no conchário, varanda da casa dele. Pelas leis do mar neutral, tudo faz tento e sentido, tem é que saber respeitar a entidade. Aquilo pode não ter a graça de Deus, mas é bem guardado pelo Tinhoso.

Todos deram o ricaço por "morto e enterrado", e muita gente não achou isso nada mal. Só que, após o automóvel sumir no meio das conchas, ele continuou se afundando sempre e mais, até, depois de muito tempo, chegar num chão firme, liso como louça chinesa. E pior, enviesado. Parecia o fim, mas o carro foi deslizando ladeira abaixo, de lado e tão rápido que começou a rolar, e o ser lá dentro, na batedeira descendo pelo escorregador do inferno. Depois de muito ele pipocar túnel adentro, de repente, o chão se aplainou, e o carro estancou de ponta-cabeça, balançando e girando um pouco, pra lá e pra cá. Aquilo que era pra ser um homem parecia mesmo um bicho amanteigado, inerte, estatelado. Quando abriu os olhos – sonho e desmaio misturados –, enxergou uma gruta extraordinária e desmedida. Nua, linda, absurda e assustadora. No chão perolado estendido ao longe, em cima e nos lados, surgiam luzes difusas e leves. Movimentos luminosos se balanceavam nas paredes translúcidas da concha, e essas filtravam tons que iam do branco leitoso, bege suave, infinitas gamas rosadas, ao ocre intenso e sanguinolento. O lusco-fusco constante iluminava maleporcamente a furna e criava claros e escuros pra lá de encantadores e sinistros. Os brilhos em circulação cresciam e diminuíam de potência, apagavam e acendiam. Peixes gigantescos de grande profundidade ornados de luz iam e vinham, se alimentando de organismos incrustados na parte externa da concha gigante, projetando silhuetas de outros seres marinhos na imensa tela de madrepérola. Cardumes ziguezagueavam uma coreografia a la milico e serpentes dançantes irradiavam eletricidade em torno do grande arcabouço, deixando rastros brilhantes. O teatro caprichado de sombra chinesa assistido em Pelotas, anos atrás, não passava de um rascunho pobre daquele circo mágico pra ninguém. O homem cara a cara com o cinema pré-histórico só enxergava desencontro na bailanta marinha. Pavor e deslumbre somados a um tremelique constante do lugar embolaram o seu estômago, e as golfadas de vômito terminaram de baixar a sua crista. Um frio lhe atravessou a espinha de ponta a ponta – o grande cagaço. E ele desconfiou estar no cenário do seu acerto de contas com o fadário. Culto e bruto, o gaúcho sentiu a regalia e o castigo de assistir o espetáculo mais encantado e cru da sua existência. Sem, talvez, poder dividir com ninguém o vivido.

Às costas do sobrevivente, havia a boca de uma cornucópia colossal – a grande fenda por onde tinha despencado o carro –, chegando naquele lugar em plano curvo, muito inclinado e de uma altura absurda. À esquerda, ele via um horizonte se elevando em parede e que muito ao longe se estendia ao teto, inalcançável. Pela direita, um vazio amplo em declive acumulava água e formava a margem de um lago sem fim, ou de um mar em calmaria desconfiável. A paisagem vasta e espiralada fazia movimentos trêmulos – mínimos, mas constantes –, gerando uma instabilidade permanente e dando a impressão de uma gravidade própria na grande estrutura. De repente, um ruído de arrasto de pedras tomou conta de tudo, o mundo irreal tremeu muito forte e o lago se encrespou todo. O homem, sem ter onde se agarrar, rolou longe no chão plano. Desesperado, largado no desconhecido, soltou um berro primitivo fundido em milhões de vozes repetidas por um eco ensurdecedor. O turbilhão sonoro fez o atormentado e todo o resto tremer ainda mais. O contato do rosto com a porcelana limpa lhe deu uma sensação curta de alívio, e só então ele se deu conta de outra minúcia daquela demência, um fedor asfixiante de maresia saturava o ar ralo. Antes de se levantar, o desventurado avaliou a sua desgraça: voltar à superfície por onde tinha vindo era impossível, considerando a queda do carro em plano escorregadio e vertiginoso, e ficar parado só ia alimentar a desesperança. Levantou-se, olhou o Studebaker emborcado sem as duas rodas dianteiras e, pela primeira vez na vida, o paisano se viu de frente com um baita problema sem saber como resolver. Os pontos vagos do clarão externo vigiavam aqui e lá. Olhares de pura impressão. Tudo o que parecia não era, as mentiras tinham formas estranhas, concretas demais e de beleza superior. Não fazia tento um mundo embaixo do mar. Mas acontecia. Àquelas alturas, o homem era só desconfiança e dúvida: estaria vivo de verdade? Teria vida humana ali? Saída? Um grande nada pressagiando o Juízo Final, coisas da divindade e do cão, foi como os seus entendimentos lá de dentro lhe sopraram os medos. O certo é que, somando a desgracera com o fascínio absurdo do lugar, uma energia nova cresceu e uma coragem bruta levou o desafortunado a seguir e enfrentar o desconhecido. Decidiu que podia e se foi como sempre fez. Deu o primeiro passo, o segundo e se sentiu seguro. Fraco mas forte, medroso e corajoso. Estava zerado, nada a perder, nunca teve medo da morte e agora se sentia montado nela, na doma. Mais uma batalha. Desempenou o esqueleto dolorido, pegou um bornal no porta-malas e caminhou pela caverna em reconhecimento. Andou um tempo no chão nacarado, confirmando o cenário horizontal em curva ascendente, tão grande que, ao ser vencido, tornava-se plano. A visita ao inferno havia iniciado.

O andante, em sua expedição pelo planeta caracol, se deparou com o primeiro horror, um Renault 1947 descolorido pela ferrugem com quatro cadáveres se desmanchando em volta. Um homem, uma mulher, um guri e uma menininha. A família feliz de vísceras pra fora, carcomidas por colônias de vermes, provocou outra série de vômitos no infeliz. Foi o começo. A seguir, ele encontrou carros, carroças, charretes, caminhões despedaçados, junto com carcaças de gente, de cavalos e cachorros em vários estados de podridão, chegando a esqueletos sem nenhum restolho de carne ou pano. Quando olhou pra trás e verificou ter cruzado quilômetros de infortúnio e desgraça, e que as curvas suaves do mundo macabro cada vez menos iluminado não deixavam mais ele avistar o Studebaker, teve a certeza de haver mergulhado de cabeça no universo sem volta. A marcha pela praia acrílica se estorvou de vez quando caiu o último gole d'água do cantil, aí o horizonte do macho forte começou a turvar. A sede, a fome, a maresia e o ar irrespirável, aos poucos, plantaram no seu espírito um câncer desconhecido – a covardia. A boca secou de vez, e o abatimento tomou conta do sujeito, o físico pagou todos os pecados e se desmanchou. Do orgulho e da soberba não restou muita coisa na ossada molhada de suor e mijo que rastejou sempre em frente, sem pensar em voltar, sem pensar em nada, seguindo pelo rebordo de calcário liso e sem fim, por um caminho cada vez mais escuro e opressivo. A gruta diminuía de tamanho a cada avanço, realidade e devaneio. A visão turvada pela falência dos sentidos não lhe dava certeza sobre nenhuma forma, o volume esparramado na planura se desesperançou, e os olhos do valente se fecharam. Ficaram os sons, os cheiros e não ficou o ar. O cérebro ficou à deriva, e começou a doideira desgovernada. A modorra, despacito, começou a trazer vozes lamurientas, choros, guinchos de golfinho, de baleia e até canto de sereia...

Muito ao longe, uma risada de criança se descolou da maçaroca de sons e invadiu a mente do pelotense que viu, entre as camadas do delírio, uma guriazinha de uns quatro anos de olhos muito negros e com parte da cabeça aberta, vertendo sangue que coloria uma melena loira e desalinhada. Imunda e esfarrapada, com um franco sorriso desdentado, ela se aproximou pé por pé do homem, se agachou e examinou o seu rosto com muita atenção, apertou as bochechas dele, espichou o nariz, arregalou os olhos e achou tudo muito engraçado. A gargalhada da criança se espalhou pelo infinito encaracolado. De repente, ela ficou muito séria e cuspiu na boca dele uma vez, depois outra e mais outra, muitas vezes, enquanto o sangue da sua cabeça escorria pelo chumaço de cabelo e desfigurava ainda mais a cara do desventurado, que engolia a saliva e buscava com a língua o sangue espalhado pelo rosto. E a risada lá no ar, contrariando tudo, ecoava pelas curvas. A mandinha se afastou e, com muita delicadeza, começou a flutuar com seus trapos dependurados e foi indo embora muito lentamente à moda de um balão, deixando um rastro vermelho no chão de concha onde pousava o rosto do homem atarantado. Como se tudo isso não bastasse, ele enxergou ao longe uma fileira inacabável de gente maltrapilha e desencarnada. Cadáveres rastejantes desinformados das próprias mortes arrastavam tralhas como se fossem tesouros. A caravana tétrica dos zumbis se alongava na miragem estreita do caracol asfixiante. O homem mal e mal revigorado pelos líquidos da menina, com mais força de vontade do que física, levantou-se e tentou seguir a fila dos desgraçados. As paredes iluminadas pelos bichos marinhos ficaram há muito pra trás, o moribundo cambaleou em direção à centopeia macabra que se arrastava pro fundo gradualmente negro e afunilado, acompanhou a tripa de seres descarnados em busca de alguma perspectiva e, nesse longo trajeto, viu e ouviu desgraças de toda espécie. Os mortos-vivos divididos em tribos mal-organizadas combatiam e saqueavam cacarecos uns dos outros, se rematavam numa batalha suja e bruta enquanto seguiam a rota disforme.

O homem que já fora briguento só desejava compreensão e um pouco de paz, mas sabia que a desinteligência e o desacordo iriam acompanhá-lo até cessar aquele fio de vida e talvez além. Tentou se comunicar com um e outro, mas foi rechaçado ou ignorado, ficaram em sua mente confusa as ladainhas dos miseráveis. Uns acreditavam trilhar um purgatório e que, no fim do caracol, encontrariam o céu; outros não duvidavam ser o caminho do inferno. Alguns apostavam que, lá no fundo, tinha um tesouro, e havia ainda quem desconfiasse que aquela era uma marcha eterna. O certo é que todos eram náufragos à deriva encerrados num bólido submarino. Vez ou outra, pequenos maremotos enfureciam o lago salgado e engoliam os desavisados.

O corpo deplorável do infeliz desistiu outra vez, e ele caiu de joelhos na laje calcária. Ficou assim durante um período longo, como se orasse. Aos poucos, se reergueu, mas o esforço lhe cegou, e uma zonzeira de sons esfolou o seu cérebro. Quando ele abriu os olhos, a guria ensanguentada pairava no ar à sua frente outra vez. Uma mão autoritária lhe proibia a passagem, e a outra, mansa, lhe apontava a água, como se dissesse este não é o teu caminho, não fazes parte daqui; a tua saída é pelo lago, por onde entra o mar. O homem, em estado lastimoso, admirou comovido o seu anjo bizarro de sorriso banguela e sangrento, olhou para a margem calma do lago e se deparou com toda a impossibilidade do mundo. Aquele horizonte de águas duvidosas seria realmente a saída? Como enfrentar o mar? Enquanto o sujeito se enveredava nesses motes, naquele instante, um tremor brusco sacudiu o Grande Caracol, parecendo colocar o bicho em movimento. A água estagnada do mar retido se revoltou e avançou estabanadamente labirinto adentro, criando um princípio de maremoto que engoliu tudo. No turbilhão, o homem foi jogado pra muito longe daquele lugar, caindo perto de uma carroça despedaçada com a ossatura de um cavalo atrelada. Antes da água voltar em repuxo, numa chispa de raciocínio, o indivíduo se agarrou na armação de madeira, empurrou-a pra dentro do lago salgado com a carcaça de arrasto, se amarrou no madeirame com os tentos das rédeas e esperou o retorno do aguaceiro. Assim que o ondão bateu lá no fundo da concha, voltou com força redobrada, levando o carroção-barco de arrojo. E o marinheiro se foi, navegando graças aos dois pneus com câmara de ar no chassi do estrado e um terceiro amarrado na parte de trás como estepe. Ao se afastar da praia, ele evitou olhar pra trás; mas quando, involuntariamente, se virou, atentou pra beleza absurda do gigantesco labirinto cônico que os azarentos jamais admirariam. E isso foi a última coisa sólida vista, dali pra frente foi só dilúvio. Era Dom Quixote viajando em velocidade, arrastando um esqueleto de Rocinante enxurrada afora – e, como os restos mortais pesavam e comprometiam a navegação, ele desatrelou o enorme cadáver descarnado do animal. Assim, meio boiando, meio surfando, o arranjo marítimo fajuto foi indo até chegar na boca daquele mundão encaracolado, onde aconteceu outro caos oceânico. Uma espécie de pororoca violenta revirou o tralharedo de todos os lados, que depois foi cuspido, dentro de uma bolha de ar, pra fora da estrutura perolada. O homem, bem encilhado na carroça, começou a ser sugado pra cima em ritmo muito acelerado e não viu mais nada.

Quando deu por si, era noite em alto-mar. Depois de vagar horas de agonia no escuro sobre as grandes ondas do oceano, uma quase luminosidade, muito ao longe, reacendeu a fé do náufrago e lhe deu forças pra arrancar uma tábua da embarcação e remar sem descanso em direção à luz. De manhãzinha, avistou uma praia e adormeceu. Nas areias próximas ao Arroio Chuí, pescadores das bandas do Uruguai acharam o fulano bem amarrado nas tábuas da carroça despedaçada e não entenderam nada do acontecido.

A partir daí, o sobrevivente se enveredou nesse infinito de orla, aportou pelas voltas do Farol do Albardão e nunca mais voltou pra Pelotas, nem pra vida de rico; se fez abandonado por lá, esquecido como desejou. Construiu um barraco no meio das areias, passou o resto da vida negociando ideias com o mar e morreu muito velho.

No boteco do Talavera, onde a porta ficava sempre aberta, encravada pela areia das dunas, os pescadores nas noites tempestuosas do inverno austral, entre tragos de jurupiga, contavam e recontavam a aventura do Velho Louco. Ela se alastrou pela maior praia do mundo e por todos os Campos Neutrais, de farol em farol, de povoado em povoado. Os poucos que trilhavam pelas bandas do seu rancho deixavam oferendas como água, cachaça, linguiça, torresmo e rapadura na beira da praia, sem se aproximar, mas mesmo de longe conseguiam ler, na parede feita de madeira de barcos naufragados, um texto pintado com letra caprichada: "Estaríamos todos dentro de um Atlântico, encerrados em uma gigantesca concha em caracol? Um náutilo de gigantescas proporções áureas, mas de destino demoníaco? Que forças regem esse universo de madrepérola? O que encontraremos à frente no labirinto? Um monstro mitológico, versão marinha do minotauro, um molusco desmesurado e faminto de boca apavorante rodeada por tentáculos e sua rádula trituradora de corpos e almas? Que deus nos julgará?".

O casebre sumiu no tempo e nas dunas, e a história se desgarrou da memória dos neutrais.

O ELEVADOR

MINIBIO
PEDRO GONZAGA

CIDADE: Porto Alegre

NASCIMENTO: Dezembro de 1975

FORMAÇÃO: Doutorando em literatura portuguesa (UFGRS)

OCUPAÇÃO PROFISSIONAL: Tradutor e professor

LIVROS INDIVIDUAIS: Cidade fechada (2004), Dois andares: acima! (2007)

FILME FAVORITO DE WONG KAR-WAI: 2046 – os segredos do amor (2004)

FILMOGRAFIA
WONG KAR-WAI

1991
Dias selvagens
1994
Cinzas do passado
1994
Amores expressos
1995
Anjos caídos
1997
Felizes juntos
2000
Amor à flor da pele
2004
2046 – os segredos do amor
2007
Um beijo roubado

"Na oitava vez em que assistia a *2046*, lembrei do conto prometido. Ardia-me uma percepção: havia um uso do tempo em Wong Kar-Wai que poderia ser aproveitado pela literatura: um alargamento, um ralentar das ações, uma simultaneidade de planos temporais que se misturavam. Podia-se escrever sobre isso. Eu queria algo simples para poder trabalhar com planos muito abertos, ou muito fechados, ao estilo do diretor de *Felizes juntos*. Tentei criar alguns silêncios, e se possível um jogo de luzes e cores que também trouxesse à mente *Um beijo roubado*."

O ELEVADOR

Parte do saguão estava às escuras, escondendo o corredor que levava às salas desertas àquela hora. Por vezes, uma lâmpada piscava, insone, e, na porta metálica do elevador, eu enxergava as sombras de nossos rostos. Anos atrás, havíamos sido íntimos, acaso mais que colegas, naquela tarde no apartamento quarto-e-sala da amiga em comum que nos queria juntos, o carpete de cor musgosa e surrado em que nos deitamos depois de deslizar do sofá, o carpete cinzento que agora tínhamos sob nossos pés à frente do elevador que em breve estaria aberto.

Minutos antes, o zelador me sinalizara da distância que iria fechar o prédio. Eu estava sozinho no jardim de inverno, fumava sem pressa, tentando adivinhar quanto tempo a cinza levaria para cair. Ao segundo sinal acintoso do homem, levantei para apagar o toca-fitas. Rodava o lado B de um velho cassete de tangos. Quando apertei o stop, ouvi um tamborilar de dedos no vidro da porta.

Ela.

Tive a impressão de uma cena que se repetia, como se, no roçar de suas unhas, soasse também um pequeno atraso, como se ela pudesse ser a de agora e a de quatro anos atrás, quando me convidou com o mesmo artifício para o apartamento de Teresa, escondendo o corpo atrás do marco de ferro negro, fazendo avançar apenas o pescoço e a cabeça.

Sobe comigo?, ela perguntou. Esqueci minha bolsa no laboratório.

Está com a chave?

Caminhamos lado a lado pelo corredor estreito. Na sala nua do apartamento, o sofá solitário parecia uma peça de arte conceitual. Numa das paredes, havia um velho sistema de som Gradiente e mais nada, nenhum quadro, nenhuma planta, nada. Toquei seus cabelos compridos com o dorso da mão, num movimento que terminou no meio de suas costas. No saguão escuro por onde seguíamos, os cabelos curtos revelavam a nudez do pescoço fino e branco, e a carícia de antes e a que eu cheguei a ensaiar talvez pudessem ser sentidas por ela, como a memória das sensações relatadas pelos que já tiveram uma perna ou um braço perdidos. A porta metálica correu e entramos, em silêncio, lenta viagem do trem vertical, através do tempo, nossa cabine dupla em que eu jurava poder ouvir o sopro velado de um bandonion.

Teresa adora Piazzolla, ela disse, aproximando-se do toca-discos. Acionou a alavanca, e o LP começou a rodar. Quando a agulha atingiu as primeiras ranhuras do vinil, ergueu a capa amarelada e me disse: Lo que vendrá.

O corredor do terceiro andar estava deserto.

Vamos, ela disse, sentando ao meu lado, não tenha medo.

Eu não tenho medo, e deslizamos do sofá para o chão e ainda escorrendo nos abraçamos, meus dedos espalmados sob a barra da camiseta, tesos entre a curvatura proeminente da bacia e o osso da primeira costela. Ela inclinou o rosto, e meus lábios correram o contorno saliente de seu maxilar.

Deita aqui do meu lado, ela disse, erguendo os quadris.

Dentro do elevador, senti que sua mão buscava a minha.

Vamos, não tenha medo.

E guiou minha mão para baixo, para que vencesse o elástico da calça e depois um outro bem mais fino, e então o declive e o líquido, meus olhos fixos nas suaves ranhuras desenhadas em seu pescoço arqueado, que de repente desapareceram na noite que caiu naquela sala.

Por que eles apagam as luzes?, ela perguntou.

Vamos, não é tão difícil encontrar uma porta...

Mais alguns passos e estávamos diante do laboratório.

Ao acender as luzes, a brancura da dezena de computadores era a de uma repartição ocupada por fantasmas. Sobre uma cadeira de espaldar mais alto, avistou a bolsa esquecida. Depois de remexer em seu interior, voltou-se em minha direção:

Segue escrevendo?, ela perguntou.

Assenti com a cabeça.

Ainda aquela tarde no apartamento de Teresa?

Voltei a concordar em silêncio.

Por que não escreve sobre outra coisa?

Procurei um cigarro no bolso da camisa. Mais os segundos que se ganha entre o isqueiro, o fogo e a primeira tragada.

Quem assistiria a um filme, ela continuou, que fosse a repetição de uma mesma cena?

Baixou os olhos em direção à bolsa aberta. Parecia incapaz de encontrar o que procurava. Um sorriso torto desfigurava seu rosto quando voltou a me encarar.

E se tu fosse escrever sobre este momento, sobre o que estou disposta a fazer agora para apagar o que não fizemos há quatro anos? Como seria esse novo momento diante dos olhos de um futuro leitor? Também estaria contaminado por aquela tarde?

Supondo que haja um leitor no futuro?

Ela jogou um objeto pesado, que passou raspando pela minha testa, candente, abrindo um corte em minha pele. Fiz carga em sua direção e agarrei seus braços pelos pulsos.

E se tudo pudesse ser reescrito?, ela perguntou ofegante.

O tempo da história é um só, eu disse, e a empurrei sobre uma das mesas. Alguém acionou o mecanismo do elevador.

O líquido escorria.

Importa o que se sabe até o ponto final.

MAY
California
NO TRÂNSITO

MINIBIO
SILVIO PILAU

CIDADE: Porto Alegre

NASCIMENTO: Abril de 1983

FORMAÇÃO: Publicidade e Propaganda (PUC/RS)

OCUPAÇÃO PROFISSIONAL: Redator publicitário

PARTICIPAÇÕES EM ANTOLOGIAS: Ficção de polpa 1 (2007), Ficção de polpa 2 (2008), Ficção de polpa 3 (2009)

PRÊMIOS LITERÁRIOS: Categoria Destaque no Prêmio Revelação Literária Habitasul

FILME FAVORITO DE KEVIN SMITH: O balconista (1994)

FILMOGRAFIA
KEVIN SMITH

1994
O balconista
1995
Barrados no shopping
1997
Procura-se Amy
1999
Dogma
2001
O império do besteirol contra-ataca
2004
Menina dos olhos
2006
O balconista 2
2008
Pagando bem, que mal tem?

"O cinema de Kevin Smith é basicamente repleto de referências à cultura pop e povoado por jovens perdidos na transição da adolescência para a vida adulta. Randall Graves, Dante Hicks, Jay, Silent Bob e outros personagens passam seus dias em empregos sem muito futuro, fazendo praticamente nada enquanto discutem cinema, revistas em quadrinhos, sexo e drogas. Essas conversas, aliás, ou diálogos, constituem a grande característica dos filmes do diretor, que utiliza situações simples, apoiando-se na dinâmica entre os personagens e nas palavras trocadas entre eles."

No trânsito

Tudo começa em um dia de sol. A câmera mostra uma rua tranquila, repleta de árvores, com casas sem grades e sem portões. Diversas pessoas estão na rua, dando a impressão de que é um fim de semana. Parece um condomínio fechado. Sem cortes, a câmera se aproxima de um carro branco, modelo popular. Três jovens colocam caixas de papelão no porta-malas. São JUCA, CABEÇA e BETO.

JUCA é magro, alto e usa óculos. Parece não tomar sol há muito tempo. Estereótipo de um nerd. CABEÇA também é magro, mas um pouco menor que JUCA. Usa cabelo comprido e o seu apelido se justifica pelo tamanho do que traz sobre o pescoço. BETO é da mesma altura de CABEÇA e um pouco mais gordo do que os dois. Usa cabelo raspado e camiseta com estampa do AC/DC.

Os três conversam em volta do carro.

JUCA: Pegaram tudo?

CABEÇA: Acho que sim.

BETO: Ainda não entendi por que tu tá fazendo isso, mas tá tudo aí dentro. Todas as edições.

JUCA: Já te expliquei por que tô fazendo isso, Beto. Preciso do dinheiro pra viagem.

BETO: Ah, vai te foder, Juca. Tu poderia conseguir essa grana de outra forma, não precisava vender a tua coleção. Porra, tem cada relíquia aqui, cara. Tu tem autógrafo do Alan Moore no teu Watchmen. Sabe como isso é raro?

JUCA (ironicamente): Não, não sei. Quem é Alan Moore?

BETO: Ah, vai tomar no cu, seu bambu de merda. Como tem coragem de te desfazer disso?

JUCA: Compra de mim, ora.

BETO: Não tenho essa grana.

JUCA: Então, não me enche o saco. Além do mais, não sou muito do Alan Moore.

BETO: Como assim? O cara é gênio! Mais do que isso: é Deus! Revolucionou tudo.

JUCA: Watchmen é uma merda. Odeio essa coisa de querer ser diferente e acabar com os mitos. Super-herói é super-herói. Essas merdas de crises existenciais não têm nada a ver com eles.

BETO: Ah, cala a boca. Tu é nerd, deveria reverenciar o Moore. Não merece mesmo ter essa coleção.

JUCA: Nerd é tu. Quem hoje em dia ainda usa camisa de banda de rock?

BETO: Vá chafurdar em vosso ânus.

JUCA: Entrem aí e calem a boca.

Os três entram no carro. JUCA assume a posição de motorista, BETO o do carona e CABEÇA entra no banco de trás. A câmera acompanha a conversa dos três dentro do carro, agora já no trânsito.

BETO: Se é o que tu quer, vamos lá.

CABEÇA: A coleção é dele, Beto. Deixa o cara.

BETO: Tô deixando, Cabeça. Só não entendo. Esse idiota poderia conseguir a grana de outra forma.

JUCA: Como eu poderia conseguir vinte mil reais, Beto?

BETO: Sei lá, cara. Vai dar o cu pra algum velho rico. Ou então vai enfiar o teu pau em algumas velhas mal-comidas e cheias de grana. Ou umas gordas que não conseguem ninguém.

JUCA: Tá bom, Beto.

BETO: Porra, o Cabeça, esse mesmo que tá aqui atrás, comeu a Marta Tonelada. Tu poderia fazer algumas gordas satisfeitas e cobrar por isso.

JUCA (surpreso): Tu comeu a Marta Tonelada, Cabeça?

CABEÇA: Claro que não!

BETO: Como não, mentiroso!?

JUCA: A Marta Tonelada? O que tu fez com ela?

CABEÇA: Vai tomar no cu, Beto.

BETO (rindo): Para, Cabeça. Todo mundo já sabe.

JUCA: Eu não sei de nada. Como eu não sei de nada? O que tu fez, Cabeça? Quando? Como?

CABEÇA: Como assim "como"? Não vou contar.

JUCA: Não digo "como" no sentido de posição. Não me interessa se tu gosta de papai-e-mamãe, espanhola ou se gosta de apanhar de chicote. Quero saber como tu teve coragem. A Marta Tonelada deve estar pesando mais que o Marlon Brando quando morreu. Porra, ela praticamente tem sua própria órbita!

BETO ri.

CABEÇA: Fica tranquilo, Juca. Não comi ela.

BETO: Como não? E o que foi aquilo na casa do Moreno? Foi com ela pro quarto e ficaram falando sobre o conflito no Oriente Médio? Sobre a crise mundial? Foi receitar uma dieta?

CABEÇA: Não comi ela. Só chupei.

BETO e JUCA caem na risada.

JUCA: Tu chupou a Marta Tonelada? Porra, e o colesterol, Cabeça? Tem que se cuidar.

CABEÇA (desdenhando): Rá, rá.

JUCA: Conta aí!

CABEÇA (hesita um pouco): Se querem saber, foi muito bom.

JUCA: Sério? Muito bom? Tu já comeu aquela puta gostosa da Carla e me diz que foi bom chupar um hipopótamo como a Marta Tonelada?

CABEÇA: Pior que foi.

JUCA: Não acredito em ti.

BETO: Eu também não. Juca, pergunta pra ele por que foi bom.

JUCA: Por que foi bom, Cabeça?

CABEÇA: Porque foi, ora.

JUCA: Mas por quê?

CABEÇA: Foi diferente.

BETO: Conta pra ele, cara. Diferente como?

CABEÇA: Tinha gosto de Cheetos.

Planos aéreos do carro nas ruas, dando a ideia de que algum tempo se passou. Volta para o carro. CABEÇA tenta arrumar os longos cabelos que o vento segue despenteando. BETO troca de estação de rádio sem parar.

BETO: Porra, nada de bom nessa merda de rádio.

JUCA: Melhor essa merda de rádio do que não ter carro como tu.

BETO: Tu me entendeu, imbecil. Não dá pra ouvir rádio hoje em dia. É só porcaria.

CABEÇA: E o que não é porcaria pra ti, Beto? Tu odeia tudo o que é música. Aliás, tu odeia tudo.

BETO: Mentira.

CABEÇA: Verdade.

JUCA: Verdade.

BETO: Mentira.

JUCA: Tu é o único cara que eu conheço que odeia Star Wars.

CABEÇA: Tu odeia Star Wars? Tá brincando.

BETO: O que tem pra gostar? Um filme infantil, feito pra crianças e gays.

CABEÇA: Gays?

CABEÇA se interessa pelo assunto e se inclina para frente, ainda arrumando o cabelo no vento.

JUCA: Lá vamos nós...

BETO: Claro. Star Wars é um puta dum libelo gay. Uma ode ao homossexualismo. Minha teoria é que George Lucas é uma bicha enrustida que usou o cinema pra tentar sair do armário.

CABEÇA: Juca, ele tá falando sério?

JUCA: Na mente doentia dele, tá.

BETO: Porra, e não é? Vai me dizer que homens fantasiados com aqueles quase-vestidos não é uma bichice? E os sabres de luz? Pura representação fálica! Um bando de idiotas com seus grandes e longilíneos pênis iluminados. E pelo que eles lutam? Pela liberação da Aliança. Lutam para liberar o anel! Homossexualismo enrustido.

CABEÇA: Puta que o pariu.

BETO: E a história do "venha para o lado negro"? O que tu acha que significa? É venha para o outro lado! Liberte-se! Saia do armário! Assuma! Venha para o lado gay. Tô dizendo: Star Wars foi a forma de Lucas dar a sua posição sobre a conquista dos direitos gays. Ele estava dizendo: "Vamos lutar por tudo o que a gente merece".

CABEÇA: Quer dizer que o George Lucas é gay?

BETO: Aí já não sei. Não conheço ele. Mas é simpatizante, com certeza.

CABEÇA: Bobagem. E a Leia? Aquela cena dela de biquíni é até hoje fetiche de milhões de machos por aí. Machos heterossexuais, pra ficar claro.

BETO: Mas quem é o companheiro da Leia nessa cena, Cabeça?

CABEÇA: Como assim?

BETO: Ela está sendo dominada por quem?

CABEÇA: Ela é prisioneira do Jabba.

BETO: E quem é o Jabba? Um ser grotesco, repulsivo, nojento, feio. É a representação máxima da minha teoria. Um dos poucos heterossexuais do filme é mostrado como uma criatura tenebrosa e podre. Enquanto isso, os gays são playboys loirinhos como o Luke e o Han.

JUCA só escuta a conversa e continua dirigindo, mas parece se divertir.

CABEÇA: O Han também é gay? Um canalha mulherengo?

BETO: Cabeça, acorda. O melhor amigo dele é uma criatura peluda. O que tu acha que isso quer dizer? E aquela pose dele quando é congelado? Parece que tá tomando uma entrada por trás. Han Solo é mais uma bicha não-assumida. Tudo isso sem contar as duas Estrelas da Morte.

CABEÇA: O que tem as duas Estrelas da Morte?

BETO: Porra, duas bolas! Vai por mim, Star Wars é o maior libelo gay da história do cinema.

CABEÇA: Nunca ouvi tanta bobagem.

BETO: Não é bobagem. Mais uma: os Ewoks. O que são os Ewoks senão ancestrais dos Ursinhos Carinhosos?

JUCA: Eu nem discuto mais isso com o Beto, Cabeça.

BETO: Não discute porque sabe que eu tô certo. Tô sempre certo.

JUCA: Eu acho que tu tá obcecado com homossexualismo.

BETO (sarcástico): É, tô, Juca. Quero chupar teu pau.

JUCA: E não tá? E aquela história toda de não comer cu?

BETO: Que tem?

CABEÇA: Não come cu, Beto?

BETO: Não. Não é a minha preferência.

CABEÇA: Então, nunca deve ter comido o cu de uma gostosa.

BETO: Tipo a Marta Tonelada?

CABEÇA: Não comi o cu dela.

JUCA: Sim, deve ser difícil achar ele, pequenininho, tímido, perdido em meio àquela montoeira de picanha.

CABEÇA: Falem o que quiserem. Foi a melhor chupada da minha vida.

JUCA: Deve ter engordado uns três quilos chupando ela.

CABEÇA (tentando mudar de assunto): Mas tu ainda não explicou, Beto. Por que tu não come cu?

BETO: Não como porque poderia ser de homem.

CABEÇA: Como assim poderia ser de homem? Tô dizendo cu de mulher.

BETO: Sim, eu sei. Mas cu é cu. Mulheres têm, mas homens também têm. Comer um cu de uma mulher é aceitar que eu poderia comer o de um homem. É como aceitar que eu poderia ser gay. Só como boceta.

CABEÇA: Nada a ver. Se é por isso, tu não beijaria. Mulheres e homens também têm boca.

BETO: É diferente.

CABEÇA: Como?

BETO: Sei lá, boca fica no rosto, Cabeça. Tem a face agradável de uma mulher junto, não a nojeira de uma cara com barba malfeita de um homem. Além disso, boca de mulher é delicada, gentil, saborosa.

JUCA: E a de homem não, Beto?

BETO: Claro que não.

JUCA: Como tu sabe? Experimentou?

BETO: Rá, rá, rá. Porque eu tenho uma. Eu sei o nojo que é. Não entendo como as mulheres podem gostar de beijar homens. Vou mais além. Nada é mais feio do que um homem pelado.

CABEÇA: Tem gente que discorda.

BETO: Sim, as mulheres e os gays.

JUCA: Tipo o George Lucas?

Novas imagens de fora do carro. Agora, ele está parado em um engarrafamento. Corta para dentro do carro. CABEÇA está no banco de trás encostado no vidro, dormindo. JUCA e BETO conversam na frente. BETO está rindo de alguma coisa.

JUCA: Juro por Deus, cara.

BETO (ainda rindo): E o Cabeça sabe disso?

JUCA: Sei lá, deve saber. Todo mundo sabe.

BETO dá mais uma gargalhada.

BETO (rindo): Cara, não tô acreditando. Isso é surreal. É um episódio de Além da imaginação. Vai além do que qualquer mente fértil poderia imaginar. Nem Charlie Kaufman pensaria nisso. Isso é melhor do que a cena do gel em Quem vai ficar com Mary? Vou acordar o Cabeça pra sacanear ele.

JUCA: Não, meu. Vai que ele não sabe.

BETO: Vai te foder. Não vou perder essa chance.

BETO pega uma garrafa e joga água na cara de CABEÇA.

CABEÇA (acordando de susto): Ã!?

JUCA (indignado): Porra, meu! Pra que jogar água no meu carro?

BETO: Ah, não te estressa, quatro-olhos. Isso seca.

JUCA: Te liga. Porra!

CABEÇA acorda todo encharcado. A água pinga do cabelo comprido.

CABEÇA: Que é isso?

JUCA: O doente do Beto te jogou água na cara.

CABEÇA: Porra, Beto. Pra que isso?

BETO: Ah, que bichice. É só água. Tem gente na África que adoraria acordar assim.

CABEÇA: Porra, Beto, então vai pra África acordar uns africanos. Não tenho nada a ver com isso. E por que merda tu quis me acordar?

BETO se vira para ficar de frente para CABEÇA.

BETO: Eu tava aqui falando com o Juca e ele me contou uma coisa que eu precisava compartilhar contigo.

CABEÇA: O que seria?

BETO: A história é sobre o nascimento de uma amiga nossa. Escuta essa, é excelente.

JUCA balança a cabeça em desaprovação, mas ri ao mesmo tempo.

BETO: A mãe dela tava grávida de quase nove meses da pobre garota. Mas nove meses mesmo, prestes a estourar. A mina já tava querendo sair de dentro dela de qualquer jeito. Mas aí o marido quis dar uma batateada na esposa grávida. Tipo o que tu fez com a Marta Tonelada.

BETO pausa para ver a reação de CABEÇA no banco de trás. Ele permanece com a mesma expressão.

BETO: Então, foram. Começaram naquele vaivém, entra-e-sai, esconde-esconde e foi: o cara gozou dentro da mulher.

CABEÇA: Ok.

BETO: Alguns minutos depois, logo depois mesmo, a mina começou a entrar em trabalho de parto. Estourou a bolsa e aquela coisa toda.

CABEÇA: Tipo o Friends?

BETO: Quê?

JUCA: É que dizem no Friends que uma das melhores maneiras de acelerar o parto é o sexo. É isso que o Cabeça falou, Beto.

CABEÇA: Isso.

BETO: Sei lá. Não vejo essas seriezinhas de gays.

CABEÇA: Tá, Beto. Segue.

BETO: Então. Rala e rola, gozou, bolsa estourada. O marido botou a mulher no carro e partiu pro hospital. Chegaram lá e a mulher foi levada direto pra sala de parto. Algum tempo depois, pronto. O médico tava com o bebê nas mãos, dando porrada na bunda dele. Ou melhor, dela, já que era uma guria.

CABEÇA: E o que tem de tão especial nessa história, Beto?

BETO (abrindo um sorriso): O negócio é que a criança nasceu com uma coisa diferente. Uma coisa na testa.

CABEÇA: Um sinal?

BETO: Não, não um sinal.

CABEÇA: Uma verruga?

BETO: Não, não era uma verruga.

CABEÇA: Então o quê, porra!?

BETO: Exatamente isso. A criança nasceu com porra na testa, cara! Esperma. A gozada que o cara deu na mulher antes caiu na testa do bebê, que já tava prestes a sair.

CABEÇA: Isso é sério?

BETO: Pergunta pro Juca.

JUCA: Pior que é.

CABEÇA (começando a rir): E quem é ela? A gente conhece?

BETO: Adivinha.

CABEÇA: Sei lá, cara.

BETO: Uma chance.

CABEÇA: Tua irmã?

BETO: Não, Cabeça. Tua ex-namorada. A esposa do monstro de marshmallow. A filha do Pé-Grande. Marta Tonelada.

CABEÇA fica em silêncio. BETO cai na gargalhada. JUCA ri de forma tímida para CABEÇA não notar.

CABEÇA: É verdade?

BETO (rindo): A tua musa Cheetos nasceu com porra na testa, cara! Sério, tu acabou com a tua reputação comendo ela. Não que tu tivesse alguma.

CABEÇA: Não comi ela, Beto.

BETO: Mas beijou a testa?

CABEÇA: Vai te foder. Melhor do que ficar em casa batendo punheta pra Star Wars e depois dizer que é um filme gay.

JUCA: Deu. Podem parar os dois. Estamos chegando.

BETO: Tu vai fazer isso mesmo, Juca?

JUCA: Vou.

BETO: Tu é um doente mental.

JUCA: Tenho meus objetivos. Ficar com essas revistas não é um deles.

BETO (imitando): Ai, eu sou um adulto. Não leio mais revistinhas.

CABEÇA: Só pra constar, também acho uma pena.

BETO: Tu beijou testa com porra. Não tem direito a opinião.

JUCA: Calem a boca e vamos lá.

JUCA estaciona. Os três saem do carro e vão ao porta-malas pegar as caixas com a coleção de comics.

OS VELHINHOS

MINIBIO

MILTON RIBEIRO

CIDADE: Porto Alegre

NASCIMENTO: Agosto de 1957

FORMAÇÃO: Jornalismo e Análise de Sistemas (UFRGS)

OCUPAÇÃO PROFISSIONAL: Jornalista

PARTICIPAÇÕES EM ANTOLOGIAS: Blog de papel (2005)

FILME FAVORITO DE ROMAN POLANSKI: O inquilino (1976)

FILMOGRAFIA

ROMAN POLANSKI

1965
Repulsa ao sexo
1967
A dança dos vampiros
1968
O bebê de Rosemary
1974
Chinatown
1976
O inquilino
1979
Tess
1992
Lua de fel
1994
A morte e a donzela
2002
O pianista
2010
O escritor fantasma

“A história nasceu de um comentário-conto do leitor Marcos Nunes em meu blogue. Logo, ela deriva incontrolavelmente para algo inteiramente diferente. Tive preocupação em citar filmes vários de Polanski, e isso foi o mais trabalhoso, pois tinha que ser feito sem causar estranhamento ou quebras. Acreditava que as cenas que traria garantiriam minha adesão ao cineasta. Trouxe também alguma coisa de sua notória vida pessoal. Passei rapidamente por sete ou oito filmes, mas o que buscava era o ambiente de *O inquilino*. Tenho a fantasia de tê-lo levemente tocado.”

Os velhinhos

Os familiares conversavam entre si, fingindo normalidade, enquanto ele observava a porta da megalivraria. Evitava seus olhares, sentado atrás da mesa adornada por uma pilha de exemplares de seu primeiro livro. Até aquele momento, apenas autografara para a família e uns poucos amigos. Penalizados com a ausência de público, alguns de seus familiares ficaram zanzando por ali a fim de ocupar mais espaço. Os amigos foram rapidamente embora, talvez assustados com sua cara de enterro ou, quem sabe, com receio de que o insucesso fosse contagioso. Ou por ambos os motivos. Então, inesperadamente, uma pequena fila se formou. Três senhores de idade deram seus nomes e receberam os autógrafos. Logo vieram outros, todos velhos. O autor pensou que uma caravana da terceira idade tivesse aberto suas portas em frente à livraria. Era inusitado e ele se comoveu pelo interesse daqueles senhores por seu simples volume de prosa poética, *Liber amoris*. Sim, ele era old fashioned, na verdade, um indignado contra as modernidades, porém jamais imaginaria que seu livrinho – meu modesto opúsculo, dizia – falaria tão de perto à velha geração, aquela que sabia o que era efetivamente bom.

Ficava cada vez mais eufórico com a afluência dos idosos. Seus parentes também, tanto que recuaram de suas posições anteriores para não atrapalhar. Os integrantes da fila obtinham seus autógrafos, cada vez mais longos e carinhosos, e permaneciam em torno, caminhando lentamente, olhando as estantes. Enfim, um respeitável senhor chegou-se à mesa e, após receber de volta o livro, pediu-lhe para assinar uma folha. Parecia um contrato, mas era escrito em caracteres desconhecidos. Ouviu o senhor dizer: "Meu filho, vou te traduzir o título deste acordo, aqui em cima está escrito Pacto Fáustico". Feliz com o sucesso geriátrico de sua noite de autógrafos, o autor jogou o corpo para trás, soltando a sonora gargalhada que guardava dentro de si havia alguns minutos.

Ao jogar o corpo para trás, percebeu um sujeito pequeno, de aproximadamente quarenta anos, cabelos castanhos encaracolados, usando uns óculos redondos sobre sobrancelhas grossas, abaixo de cujo centro partia um nariz de consideráveis proporções. Era Roberto Bolaño que, de longe, fazia-lhe sinais inequívocos para assinar o contrato. O senhor voltou-se para ver o que chamava atenção do autor.

"Um de nossos contratados", disse.

Obviamente, o escritor experimentou leve perturbação, mas nada turvaria seu humor facilmente; além do mais, não acreditava em "sinais", acreditava em Deus, mas não nas religiões, nunca vira ETs, discos voadores, nem temia cemitérios. Decidiu que sua alucinação visual era um augúrio e, sorridente, apôs sua firma ao documento.

Chegou em casa com dores estomacais. Devia ser a emoção. Tomou um analgésico e foi dormir. Pela manhã, foi presa de verdadeiro milagre criativo. Depois da grande noite, sentia forças para finalmente empreender uma obra de fôlego. Recusou o primeiro conto que escreveu -- achou-o uma derivação da literatura de Carver. O segundo já tinha sua voz e o terceiro era uma demonstração tão eloquente de virtuosismo que decidiu sair à rua para uma caminhada. Estava cansado. Quando chegou ao parque, as dores voltaram. Sentou-se num banco, aguardando por uma trégua. Observou uma criança que estava próxima, num carrinho de bebê: o menino tinha aproximadamente um ano – já podia estar livre do carrinho – e atirava para longe seu brinquedo a fim de que a mãe, já definitivamente entediada da maternidade, o buscasse. Era insuportável, repugnante. Como era de se esperar, a mãe desistiu de abaixar-se para pegar o chocalho e ouviu-se o berreiro de decepção do menino. Aquilo irritou de tal modo o escritor que ele ergueu-se, dirigiu-se à criança, deu-lhe um sonoro tabefe e gritou

"Nojentinho!"

com voz alterada. Seguiu seu caminho meio curvado pelas dores, mas ainda assim falava em voz alta, explicando aos circunstantes que a vaca daquela mãe não deveria ter tido um filho se o estava criando para a neurose. A mãe reagiu protestando contra a grosseria, mas o autor apenas voltou-se para ela e sorriu de longe. Interessou-se por seu rosto desfeito, era-lhe inspirador.

Voltou para seu quarto com uma descoberta. Grande parte das obras imortais eram escritas por raiva de alguém ou de alguma coisa. Pensou num argumento para uma novela, hoje um texto clássico, sobre dois casais que têm filhos apenas para satisfazer seu relógio biológico e que logo cansam deles, indo resolver suas culpas em psiquiatras. É da sua autoria a tese sobre a má utilização da culpa: esta só serviria para provocar uma dor admitida e calculada a quem certamente causara sofrimentos muito maiores. Era uma novela cheia de ódio e que fez imenso sucesso. Escreveu suas cinquenta e três páginas de um só fôlego, sem dores, e, quando foi dormir, foi visitado por sonho.

Reviu Bolaño e, dessa vez, compreendeu o sinal que ele lhe fizera na noite de autógrafos. O chileno pegava sorridente um volume de *2666* e o mostrava. O detalhe é que sua mão direita tapava o número 2. Acordou sorridente, planejando um longo romance de formação, com cem personagens, que seria um amálgama da severidade alemã, da ironia inglesa, da autoironia judaica, do drama platino e da sensualidade nacional. Batizoulhe provisoriamente de *A grande pornofonia brasileira*. Quase não saía mais de casa. Um livro de contos e outro de novelas deram-lhe dois Jabutis e dois Portugal Telecom e ele já tinha como sustentar-se por alguns anos sem pensar em patrões. Sua única providência fora do âmbito criativo foi mandar queimar todos os exemplares de *Liber amoris*. Renegava seu primeiro livro, o qual se tornara relíquia de colecionadores – agora, sua obra iniciava-se pelo seminal livro de contos *Abra e leia!*, não pelo enjoativo *Liber amoris*. Retirou-se agastado da Flip à simples pergunta do entrevistador:

"Gostaríamos que você falasse sobre *Liber amoris*, sua primeira obra".

Após o lançamento de *A algaravia dos ignaros* (ex-*Pornofonia*), planejou de um dia para outro sua obra magna, *As repartições suprimidas*, livro inspirado pelo serviço público brasileiro e que inaugurou o movimento literário e filosófico da Regurgitação, uma reação ao Politicamente Correto, o qual passou a ser considerado fascista e anacrônico. Novamente, mal saía de casa, sua saúde ia de mal a pior – os médicos não tinham diagnóstico para as malditas dores –, estava relegado a uma cadeira de rodas e era atendido por uma bela estudante de letras francesa, Catherine, que assumira as funções de secretária, pesquisadora, porta-voz e massagista. Ela dizia que o autor sentia terríveis dores cada vez que se retirava de casa, mas que essas eram suportáveis enquanto trabalhava. Sua única missão, completava, parecia ser a de produzir e deixar uma grande obra. Foi nessa época que ocorreu o lançamento de *A alegria do mundo*, romance antirreligioso que ensinava que as crenças eram tão inerradicáveis quanto o nascimento de idiotas. De leitura tão vertiginosa quanto violenta, iniciava-se com um parágrafo de duzentas e três páginas tratando do assassinato ritual de uma adúltera grávida de oito meses por um grupo de evangélicos e era finalizado por outro parágrafo de trezentas e doze páginas que descrevia com naturalidade e poesia um coito de um homem de quarenta e quatro anos com uma menina de treze, cujo pai tinha subornado um juiz e um padre a fim de permitir-lhe o casamento aos doze e, assim, legalizar a pedofilia.

Foi quando a desgraça ocorreu. A vaidade, sempre a vaidade! *A algaravia dos ignaros* tinha recebido um prêmio nos Estados Unidos e o autor, apesar de doente, quis recebê-lo in loco, fazendo um discurso e obtendo em contrapartida os salamaleques aos quais seus compatriotas raramente têm direito. Ao chegar aos EUA, viu que os grupos religiosos não foram nada receptivos. Pressionavam a organização para retirar o prêmio ao autor de *A alegria do mundo*. Um homem de barba, com jeito de hippie e olhar alucinado, deu-lhe um tiro pelas costas.

No dia seguinte, alguns dos idosos liam os jornais brasileiros. Sorriam às manchetes de que o Brasil perdera um provável futuro Nobel de Literatura e aos cadernos de cultura, que choravam o passamento aquele estranho e violento artista. Depois, começaram a telefonar um para o outro.

ESQUELETOS
NO ARMÁRIO

MINIBIO
ERIC NOVELLO

CIDADE: São Paulo

NASCIMENTO: Dezembro de 1978

FORMAÇÃO: Bioquímica de alimentos (UFRJ)

OCUPAÇÃO PROFISSIONAL: Tradutor e roteirista

LIVROS INDIVIDUAIS: Dante (2004), Histórias da noite carioca (2005) e Neon azul (2010)

PARTICIPAÇÕES EM ANTOLOGIAS: Imaginários 2 (2009), Vaporpunk (2010), Queer (2011)

FILME FAVORITO DE BERNARDO BERTOLUCCI: Os sonhadores (2003)

FILMOGRAFIA
BERNARDO BERTOLUCCI

1970
O conformista
1972
Último tango em Paris
1976
1900
1979
La luna
1987
O último imperador
1990
O céu que nos protege
1993
Pequeno Buda
1996
Beleza roubada
1998
Assédio
2003
Os sonhadores

"Resistindo à tentação de usar no conto a estrutura de roteiro, fugi dos planos médios e contra-plongées e resolvi adotar como ponte entre literatura e cinema o olhar bertolucciano. Armando a steadycam em meus ombros, sigo de perto os jovens Nando, Luna e Gabriel em um recorte rápido de uma manhã de suas vidas. O sentimento de união do trio é uma referência clara a *Os sonhadores*. Talvez venha daí a grande lição da obra bertolucciana: o erotismo é um jogo de detalhes. Como no filme, meu conto só insinua. Digo, é uma insinuação que não tem como objetivo esconder, está tudo lá às claras. A questão é dar as chaves ao leitor e deixar que ele escolha que portas abrir, que fundo de armário revirar — tudo uma questão de onde se decide posicionar a câmera

Esqueletos no armário

Na quina do quarto, ele insistia. A mão indo e vindo numa velocidade que não correspondia ao seu prazer, mas ao desejo de terminar, de livrar-se do que um dia fora gozo e hoje era obrigação. Temia olhar para trás e para si mesmo, por isso mantinha os olhos cerrados, os lábios contraídos como se assim pudesse acelerar o processo, ludibriar a mente a favor do corpo exausto com a perspectiva do fracasso.

Sentiu a mão de sua observadora tocar seu ombro e deslizar cheia de carinho por sua face antes que abandonasse o quarto. Num misto de alívio e sofrimento, apoiou a cabeça na parede e chorou as suas lembranças, chorou pela primeira vez que se sujeitara ao jogo e por não conseguir mantê-lo indefinidamente com a mesma avidez. Recolheu-se do chão como um trapo velho e buscou o conforto da cama recém-arrumada. O lençol era tão macio quanto a juventude que transpirava de sua pele e o mantinha aceso numa situação como essa. Mergulhou o nariz no travesseiro procurando seu cheiro, mas só encontrou o dela. O cheiro do xampu de jaborandi que usava desde que o mundo era o mundo.

Secou uma lágrima mais insistente, catou um cigarro no bolso da jaqueta e pegou o telefone para ligar para Luna. Deixou que tocasse o suficiente para acordá-la. Àquela hora da manhã em pleno domingo, certamente ouviria um esporro. Estava lá nas regras da boa convivência: ninguém existe antes das onze depois de uma noitada na boate. Com sorte teria levantado para ir ao banheiro, tomar remédio para a ressaca, vomitar a alma na privada, e nem se importaria tanto com a ligação, com o fato de ter chorado como Luna disse que choraria se não saísse de casa. Não era um moleque, as lágrimas não lhe cabiam. Secou-as outra vez e, entre uma tragada e outra, esperou.

Foi Nando quem o atendeu. A voz não era das melhores. Nunca era. Estava exagerando na bala. Só na night, ele dizia, mas vivia nela cada vez mais, era com ela que enchia o bolso e destruía os resquícios de sua sanidade. Ainda assim o amava, e nem se importou com o puta merda que ele soltou ao perceber que horas eram.

"Não preguei o olho", mandou entre as explicações que não precisava dar, e quando perguntou como tinha sido a noite de Gabriel, entendeu perfeitamente o seu silêncio, numa pontada de dor compartilhada. "Venha logo pra cá. Se a Luna ainda estiver dormindo, a gente faz alguma coisa". E então se despediram, Nando se perguntando se já era seguro se afastar do banheiro e Gabriel tomando coragem para atravessar a sala.

O banho seria na casa deles. Queria manter distância do chuveiro. Queria companhia. Vestiu uma bermuda sobre o corpo nu, pegou uma camisa qualquer e catou os tênis embaixo da cama. Amarrava os cadarços como quem se livra de algemas, seu ritual particular de liberdade. Enfiou uma muda de roupa na mochila, o maço de cigarros atafulhado lá no meio, respirou fundo e desceu a escada. Fez de fininho o caminho até a porta para que ela não o notasse, fingindo uma invisibilidade física que não encontrava correspondência nos sentidos ainda elétricos. Já estava salvo nos jardins quando voltou. Ajeitou o sorriso no rosto como um quadro torto e foi de coração apertado até a cozinha.

"Não vai tomar café comigo?", perguntou ela, envolta pelo cheiro da manteiga derretida sobre as torradas.

"Não vai dar, mãe. Marquei uma saída com os meninos. Fica pra próxima", respondeu ele, os olhos brilhando num breve momento de hesitação.

"Meu voo é logo depois do almoço. Quando você voltar, já terei ido embora. Cadê meu beijo de boa viagem?", pediu, apontando a bochecha com covinha. Beijo dado, beijo ganho, ele partiu.

Passou pelo trocador e catou um dos lugares no fundo do ônibus, onde podia abrir toda a janela sem incomodar ninguém. Ajeitou o topete curtinho no reflexo imaginário na janela e perscrutou a paisagem com seus olhos verdes em busca de fragmentos com os quais pudesse reafirmar sua identidade. Sabia que no vaivém daquelas ruas havia mais de si do que em qualquer outro lugar, pois era distante do ponto de partida e do ponto de chegada que a vida fazia mais sentido.

Tocou a campainha e aguardou, irrequieto, no corredor. Imaginou-se arredondado e de nariz esticado, como acontece nos filmes quando espiam pelo olho mágico e, reencontrando o seu bom humor, permitiu-se relaxar. Estava sorridente quando Luna abriu a porta e o convidou a entrar. Abraçaram-se com o carinho de sempre, um aperto extra pelo tudo mais, e um beijo rápido nos lábios. Quis pedir para que não o soltasse por cinco minutinhos, mas largou a mochila no sofá e foi espiar a cozinha.

"E o Nando, cadê?", quis saber, procurando sinais do amigo pela casa. "Ele não ficou puto de eu ter ligado não, né?".

"Foi comprar pão para o nosso café. Quer aproveitar e conversar?", disse Luna, ignorando as tentativas de Gabriel de parecer feliz. Ela, mais do que ninguém, sabia que felicidade não é algo que se aparenta, mas que se irradia. E que quando não há essa vibração, apenas uma boa cara, o risco de problemas é grande.

"Queria um banho. Vem comigo?", perguntou, esticando a mão, implorando por dentro que aceitasse. Acendeu a luz do banheiro e arriscou uma espiada no espelho, detectando olheiras das noites mal-dormidas devido ao trabalho e à pós-graduação. Ajudou Luna a retirar o vestido e se despiu. Como de hábito, ela entrou na frente para ajustar a temperatura. Divertia-se vendo-a levar respingos gelados e depois afastar os pés da poça quente que se formava no chão. Admirava seus contornos, o desenho bem traçado de suas pernas, os peitos firmes de estátua grega. Luna jogou a cabeça para trás e deixou a água cobrir o corpo, molhar seus longos cabelos negros. Deu um passo em direção à parede para Gabriel se acomodar e o abraçou. Sabia que embaixo do chuveiro não teria vergonha de chorar suas mágoas. Permaneceram abraçados bem mais de cinco minutos, o boxe parecendo enorme com somente os dois. Só saíram de lá quando Nando abriu a porta, anunciando a sua chegada.

"Chega de moleza, vocês dois".

Voltaram à cozinha com a mesa posta, café passado na máquina e suco de laranja na jarra. Luna foi logo montando um sanduíche, enquanto os dois amigos se abraçavam, reafirmando sem palavras longos anos de cumplicidade.

"Pegue uma roupa minha lá no quarto".

"Trouxe na mochila".

"Tudo amarrotado? Deixe de besteira. Ande lá. Você sabe onde fica".

Com um tapa na bunda, Gabriel largou os dois na cozinha e foi catar o que vestir. Deixou a mochila num canto do quarto, fechou as cortinas e se deitou. Ali não havia aromas que precisasse temer, lembranças para afugentar com o som nas alturas. O teto pincelado com seus desenhos narrava parte de suas histórias, como pinturas nas cavernas. Pegou um travesseiro e afundou o rosto com força, só para ter certeza. Só perfumes conhecidos e um restinho de amaciante. Quanta saudade sentia daquele colchão.

Limitou-se a catar a bermuda que sempre roubava, a quadriculada puída, suficiente para ficar em casa. Sem resistir, afastou os cabides mais à esquerda e vasculhou os bolsos da jaqueta de Nando. Ele havia costurado um bolso por dentro do forro para guardar os comprimidos. Podia senti-los, mas não sabia chegar até eles. Um dia teria que tomar coragem para conversar. Uma das tantas conversas que se deviam. Seria mais fácil convivendo por mais tempo, com mais chances de olho no olho. Talvez fosse a hora de aceitar o convite.

"Ande. Deixe os fantasmas dele trancados no armário e venha resolver os seus. Não quero mais ver você sofrendo", disse Luna, parada na porta. Gabriel teve vontade de perguntar se ela ainda guardava o diário da mãe, morta há dois anos por uma overdose de comprimidos para dormir. Ela jurava que um dia o tacaria na lixeira e atearia fogo, mas não tinha coragem de se livrar dele nem de abri-lo, com medo de que, ao ler aquelas páginas, jogasse fora a última chance de entender o ocorrido. Não a morte em si, explicada nas caixas de tarja preta, mas o fato de não ter percebido a situação a tempo de poder mudá-la.

Guardou essa junto com as demais vontades irrealizáveis e voltou para a mesa da cozinha. Serviu-se do suco feito especialmente para ele que não bebia café nem tomava leite de manhã. As bocas ocupadas mastigando se intercalavam com histórias da noite anterior: Luna contando de seu contato com um cara de cinema querendo um rosto desconhecido e Nando contando os podres dos pseudointelectuais e subcelebridades que passara a conhecer gerenciando a boate.

"Uma pena você não estar lá também", disse Nando, arrumando um jeito de entrar no assunto. "Venha morar com a gente, Biel. Não faz sentido ficar se expondo desse jeito".

"Seus pais viajam o tempo inteiro. Ficam fazendo você de caseiro. Você trabalha, se sustenta. Tem lugar aqui em casa, duas camas", completou Luna. E, então, Gabriel entendeu que não seria colocado contra a parede para confessar porquês que ele mesmo desconhecia. Seus fantasmas também estavam protegidos, devidamente trancados até que o passado cobrasse seu preço, quem sabe pelas mãos do pai num momento de descontrole ou pela boca da própria mãe numa noite de Natal repleta de embriaguez e parentes desagradáveis.

"Aproveite que a velha está indo embora de novo e vamos lá pegar suas coisas no fim da tarde, Biel. Eu ajudo você a descer tudo para o carro, a Luna vai dando um jeito nas malas. A gente resolve isso rapidinho e acabou. Fim da distância e do sofrimento".

Nando não tinha certeza se sofrimento era a palavra certa, nenhum deles tinha quando se tratava do outro, mas achou por bem usá-la. Para que o silêncio não se firmasse como subterfúgio, inclinou-se sobre a mesa e buscou o rosto do amigo, firmando testa com testa, de modo que os olhos dele não pudessem escapar.

Luna deu a volta na mesa e cochichou algo no ouvido de Nando e depois no de Gabriel, que desatou a rir. Com aquela risada, que também era um choro engasgado de muitos anos, Gabriel tomou sua decisão, comemorada de noite em grande estilo.

SE NÃO
FICARES ATÉ O FIM,
ELES TE PASSAM A PERNA
STREETHAWK
NYC

MINIBIO
BRUNO MATTOS

CIDADE: Porto Alegre
NASCIMENTO: Março de 1990
FORMAÇÃO: Jornalismo (UFRGS)
OCUPAÇÃO PROFISSIONAL: Leitor, viajante, jornalista, tradutor e revisor de originais
PARTICIPAÇÕES EM ANTOLOGIAS: Ficção de polpa 3 (2009)
FILME FAVORITO DE JOSÉ MOJICA MARINS: À meia-noite levarei sua alma (1964)

FILMOGRAFIA
JOSÉ MOJICA MARINS

1964
À meia-noite levarei sua alma
1967
Esta noite encarnarei no teu cadáver
1968
O estranho mundo de Zé do Caixão
1970
O ritual dos sádicos
2008
Encarnação do demônio

"

Aranhas, unhas compridas e mulheres nuas: essas são as imagens geralmente associadas aos filmes de José Mojica Marins. Mas a obra do criador de Zé do Caixão tem muito mais a oferecer. Ao longo de quase cinquenta anos de carreira, o diretor criou um estilo próprio que combina referências dos clássicos do terror e do folclore brasileiro, em um ritmo narrativo completamente sui generis, marcado pelo tom irreverente, pela entonação atípica e pelos monólogos reflexivos."

Se não ficares até o fim, eles te passam a Perna

¡Você! Será que o incauto leitor é mais um desses que acreditam nos poderes do sobrenatural? Mas o que é, afinal, o sobrenatural? O desconhecido, talvez? E o que é o desconhecido, senão aquilo que nos é ocultado? Por que o homem teme tanto o desconhecido, às vezes até mesmo mais do que aquilo que conhece e sabe bem que pode levar à sua própria destruição? Por que não teme o mal, mas apenas aquilo que sua mente é incapaz de compreender?

Peço que escutem a seguinte história, que ocorreu em Recife há cerca de quarenta anos. Naquele tempo, tanto nos jornais quanto nas fofocas das velhinhas, estava muito presente um jovem chamado Everaldo Belo da Silva. Descendente de portugueses, Everaldo era mais conhecido como Galeguinho do Coque – uma clara referência ao nome do bairro em que morava.

Esse rapaz era perseguido pela polícia com certa frequência devido à sua conduta, digamos assim... pouco respeitadora da propriedade alheia. Os homens da lei se lançavam contra ele tal qual animais carniceiros sobre restos de carne podre. Mas não tinha jeito: ninguém escapava da polícia como ele. O jovem ladrão era capaz das fugas mais mirabolantes. Ora dobrava a esquina e desaparecia em plena luz do dia, como se tivesse o dom da invisibilidade. Outras vezes, correndo pelo mato, fazia com que suas pegadas se misturassem de maneira indescritível, de tal forma que nem mesmo o mais bem treinado dos rastreadores era capaz de decifrá-las. Então, embrenhava-se pelas ruas de chão batido do Coque e lá ficava por semanas, ou quanto fosse necessário para que desistissem de encontrá-lo. E assim foi por muito tempo.

Nessa mesma época, disputando com o Galeguinho as principais manchetes da imprensa, surgiam na capital pernambucana relatos terríveis, que mencionavam uma tal de Perna Cabeluda. Não tendo acesso aos relatórios policiais, fica difícil extrair os fatos daquilo que se ouvia nas ruas à época. Eram versões carregadas de grande dramaticidade, corrompidas por um povo desde sempre dominado pelo misticismo. Mas todas as narrativas tinham um ponto em comum: uma perna – e tão somente uma perna, pois era desprovida de corpo –, coberta de cima a baixo por longos fios de cabelo, atacava a chutes os indivíduos que ousavam perambular sozinhos à noite pelas ruas da cidade.

Em pouco tempo, o pavor tomou conta da população. "Não bastasse todos esses bandidos que temos por aqui", dizia um, "agora, temos que estar às voltas também com coisas do outro mundo". Outro, mais engajado, responsabilizou os políticos corruptos pela situação: "Isso não aconteceria se investissem mais em segurança pública, podem ter certeza". E não faltou quem julgasse pagar pelos pecados que tinha cometido. "Estamos respondendo pela nossa safadeza", decretou um sujeito resignado.

E as crianças... bem: essas não sentiam tanto medo quanto seus pais. Pelo contrário, muitas experimentavam certa excitação diante do mistério. Havia mesmo aquelas que esperavam ansiosamente por uma oportunidade de se confrontar com a terrível Perna. As menos corajosas contentavam-se em ponderar por que a monstruosidade atacava inocentes com tanto ódio, ou tentavam adivinhar a quem pertenceria o maldito membro. Teria sido cortada de um leão? Ou era uma perna humana? Como poderia ser humana, se tinha tanto cabelo? E de um humano invisível, exceto abaixo de um dos joelhos? Isso não seria possível! Talvez, então, pudesse ser de um urso. Ou seria, afinal, apenas uma perna?

Impossível saber. A Perna Cabeluda surgira da noite para o dia e, quando a cidade se deu por conta, ela já era responsável por uma enxurrada de ocorrências que desaguava todos os dias sobre as escrivaninhas das delegacias de Recife. Ao lado, é claro, do Galeguinho. Os governantes da cidade já estavam aborrecidos com a situação. Preocupavam-se com sua imagem diante da população, o que podia acabar resultando em alguma revolta. A coisa precisava ser resolvida com urgência e, para isso, foi contratado um novo delegado, que chegara havia pouco tempo à cidade vindo de São Paulo. Seu nome era Francisco Toledo.

Chicão, como ficou conhecido pelos elementos de seu batalhão, era, por assim dizer, um homem de ciência. Bacharel em direito, era versado nas mais diversas áreas da legislação policial brasileira. Além disso, tinha uma inclinação militarista capaz de deixar muito alemão de queixo caído. À época, essa era uma combinação rara – e que, diga-se de passagem, agradava muito aos homens que estavam no poder.

Quando enfrentava problemas como esses, o delegado Toledo buscava uma visão ampla. Dizia sempre que era impossível compreender os detalhes de um caso sem antes entender a estrutura maior em que essas minúcias estavam inseridas. E foi a partir desse ponto de vista que, certa manhã, o homem chegou à delegacia com um palpite curioso. Depois de tomar uma xícara de café, chamou uns poucos subordinados de sua confiança e lhes contou aquilo de que suspeitava: os casos do Galeguinho e da Perna Cabeluda eram, na verdade, um só.

A explicação de Chicão era a seguinte: se o membro macabro, de fato, pertencia a uma criatura cujo resto do corpo era invisível, a técnica utilizada – seja lá qual fosse – deveria ser a mesma usada pelo bandido quando desaparecia misteriosamente ao ser encurralado em becos sem saída. Dessa maneira, a única forma de passar a perna no delinquente seria surpreendê-lo quando estivesse em sua forma invisível – e, portanto, mais descuidado com a própria segurança.

Ficou combinado que colocariam um policial à paisana de tocaia em cada uma das entradas do Coque. É claro que os homens do delegado gostaram dessa ideia de imediato, pois poderiam beber cerveja à vontade nos botecos do bairro e ainda seriam pagos para isso. Porém, quando uma ocorrência contra o criminoso fosse registrada, cada um deles seria avisado e teria que estender um pedaço de arame – disposto alguns centímetros acima do chão – que atravessasse toda a rua que vigiavam. Um plano simples, mas que funcionou à perfeição. Na primeira perseguição realizada após esse dia, o bandido foi capturado e preso. Se o responsável por sua captura o enxergava ou não durante o ato, é coisa que nunca cheguei a saber. Até porque o polícia, que exibia seu distintivo enquanto falava com os repórteres, demonstrava sinais claros de embriaguez. Pessoalmente, acredito que via, sim – caso contrário, como teria pegado o fugitivo para algemá-lo após a queda?

E foi assim que os dias de glória do lendário Galeguinho do Coque chegaram ao fim. Durante os anos em que ficou na prisão, o homem converteu-se à religião evangélica e se tornou um devoto fervoroso. Depois de solto, passou pregar a palavra de Jesus Cristo e, até onde se soube, nunca voltou a cometer um crime. Porém, durante os anos seguintes, a Perna Cabeluda continuou a ser vista nos mais diversos pontos da cidade, supostamente distribuindo pontapés, e o terror da população crescia mais ou menos na mesma proporção em que cresciam as olheiras abissais do delegado Francisco.

Quis o destino que essa história terminasse de uma forma, por assim dizer... cabeluda. Numa certa manhã de sol, a cidade acordou, mas o Galeguinho não. Seu corpo foi encontrado em um terreno baldio, com uma bíblia caída ao seu lado. Jazia com uma única marca de tiro, calibre .38, travando o fluxo de ideias bem no meio de sua testa. Ansiosa por dar um fim a essa história, a polícia logo arquivou o caso, alegando se tratar de suicídio. E Chicão pôde, enfim, voltar a dormir em paz.

Mas os poucos que viram a cena do crime perdem o sono até hoje ao lembrar que, ao redor de todo o terreno, pegadas muito estranhas desenhavam um grande espiral no chão embarrado, e parecia que não vinham ou iam para qualquer direção. E havia mais uma coisa. Cochichando um no ouvido de outro, como se saudosos de brincar de telefone sem fio, os policiais que primeiro chegaram ao local comentavam como era estranho aquele revólver no chão. O espaço para se puxar o gatilho era tão grande que seria possível para um homem de pulso fino atravessar a mão de um lado ao outro por dentro da arma sem fazê-la atirar. Era como se ela tivesse sido modificada por um armeiro experiente, de tal forma que não fosse mais adequada para alguém que disparasse com os dedos da mão.

Alguns acreditam que, depois disso, o Galeguinho desceu ao inferno e lá teve o que merecia: foi condenado a ser açoitado pelo Coisa Ruim ao longo de toda a eternidade. Há também quem defenda que o pobre coitado pagou em vida tudo o que devia e, por ter se arrependido a tempo, pôde subir ao Reino dos Céus. Versões bastante interessantes, não acha? Uma pena que estejam completamente erradas. Não passam de histórias criadas por vermes imbecilizados para que criancinhas sintam medo antes de dormir! Por acaso não conseguem ver que o fim desse homem foi o simples resultado de suas escolhas? Que arcou com as consequências de mexer com forças que não soube dominar? Que relatos como este são meros artifícios criados para desviar a atenção do povo daquilo que aconteceu, e ainda acontece, bem debaixo dos seus narizes? Como são fáceis de enganar! Era assim naquela época, e assim é até os dias de hoje. Será que não percebem? ¡Tolos! ¡Idiotas!

TRÊS
COPOS

MINIBIO
DIEGO GRANDO

CIDADE: Porto Alegre

DATA DE NASCIMENTO: Janeiro de 1981

FORMAÇÃO: Licenciatura em Letras (UFRGS) e mestrado em Escrita Criativa (PUC/RS)

OCUPAÇÃO PROFISSIONAL: Professor

LIVROS INDIVIDUAIS: Desencantado carrossel (2008) e 25 Rua do Templo (2010)

FILME FAVORITO DE SYLVAIN CHOMET: As bicicletas de Belleville (2003)

FILMOGRAFIA
SYLVAIN CHOMET

2003
As bicicletas de Belleville
2006
Paris, te amo
(segmento Torre Eiffel)
2010
O mágico

"Sylvain Chomet talvez não seja – ao menos ainda – um grande cineasta. Ou estrondoso. É que por trás da quase ausência de diálogos, das trocas de olhares, grunhidos, gestos pré-verbais, por trás de personagens de altíssima expressividade, com um quê de Modigliani, deformados até o limite – sem nunca ultrapassá-lo – da caricatura, por trás de um clima melancólico e desbotado que, mais do que simpatia, produz uma espécie de celebração dos excluídos, por trás disso tudo emergem questionamentos existenciais, psicológicos e sociais comoventes, esquisitíssimos retratos de algo infinitamente banal como o silêncio."

Três copos

Das formigas de pelúcia ninguém fazia ideia, como de quase todo o resto, no que dizia respeito ao Barão. Seu rosto espichado carregava um olhar que não sabia bem como lidar com o cesto dos brinquedos, ao lado o dos potes plásticos de muitos tamanhos e formatos e cores, do outro o das carteiras e niqueleiras e tudo o que se finge couro, sempre o mesmo preço. O prolongamento natural de qualquer comércio ao longo do Boulevard de Rochechouart – seja um mercadinho, um café, uma casa de câmbio, ou algo que misture os três – é a calçada. Além de cada vez mais curtos, os dias andavam pálidos, aquele azulado de câmera velha, o sol fazendo que não era com ele. Escorada na porta veio a voz feminina, a entonação mais curiosa do que vendedora, então o Barão ia querer alguma coisa hoje?, e como ele não tinha bem certeza se entendera, nem se queria, devia ou podia querer, o que fez foi levantar-se, deixar que a cabeça balançasse um não e retomar sua caminhada. Tinha o passo medido com a precisão da falta de pressa e os ombros caídos como que de propósito para acentuar o comprimento do pescoço, a cabeça projetando-se na cadência do caminhar e as formigas de pelúcia de novo apenas dentro dela, se existiam e quanto poderiam custar, que a pequena Rada só falava nas formigas, agora que sabia falar, dessas de verdade que aparecem na tevê, de pertinho pertinho, carregando folha e fazendo pirâmide. A mulher ainda sorriu sabendo que em vão, pois ele era assim mesmo, todos ali sorriam e acenavam com suas cabeças e às vezes até falavam quando o Barão passava e ele mal retribuía, e isso a cada hora e meia, duas, mas ninguém nunca deixava nem deixaria de fazer assim, porque os que se conhecem da rua sempre sabem sorrir e acenar e cumprimentar.

Era o Barão virar à esquerda e os acenos paravam, os cantos de olho ao se cruzarem dando conta do quem é quem. Isso, claro, para os de vista treinada – os que devem saber, os que vivem de saber quem é quem –, porque na Rue de Steinkerque há muito mais do que os donos das lojinhas que expõem echarpes, boinas grená e magnetos para geladeira, muito mais do que os que fazem retratos e caricaturas em cinco minutos, da mulher-árvore e seu marido que toca alaúde, do tantã que vai e vem segurando um volante e por isso é chamado Motorista Sem Limite, dos homens que têm o dia todo para ficar de pé na calçada, e então ficam, dos que estendem no chão seus lençóis com badulaques em cima e gritam e espiam sua desconfiança para um lado e depois para o outro, as pontas dos lençóis com alças de cordão – há muito mais do que todos esses que sabem o que fazer com os olhos. Há principalmente os turistas com suas mochilas nas costas, de quem o Barão acostumara-se a desviar, mas não sem aparecer, vez ou outra, com sua pele alaranjada como ferrugem, os olhos pequenos de quem pede desculpa e a boca feminina, no segundo plano de alguma fotografia.

O homem miúdo com voz de cano de calha e uns erres muito engraçados, que mexe nos copos sobre a mesa instalada em frente à barbearia, um aglomerado sempre em torno, esse é o Mancha. Ele embaralha os copos e discursa, gesticula e volta a embaralhar, aponta para umas pessoas que de imediato fazem que não com a cabeça, mesmo ele avisando que é sem compromisso e sem mutreta, só quer um voluntário. Levanta um copo e ali está a bolinha, ele sorri com seu bigodinho mostrando os dentes pequenos de roedor, ali onde os que prestaram atenção sabiam que estava. O Barão vai se achegando, as mangas arregaçadas até os cotovelos alinhando-se à cintura da calça, mãos enterradas nos bolsos e também parte dos braços, enquanto o Mancha recomeça, bolinha no meio, um copo e depois outro e mais outro, para cá e para lá e mostra e vejam só, tudo no seu lugar.

Cabe ao Barão puxar do bolso, junto com uma excitação coletiva, uma nota. Ele a mostra sem dizer nada, apenas articulando um som nasal, como um resmungo que se transforma em interrogação, aproximando-se da mesa um último passo, seu corpo que tem algo de anfíbio, um sapo bem penteadinho e de camisa branca, o público querendo abrir mais espaço, e desnecessário, o Mancha esfregando as mãos, preparado para refazer a cerimônia, agora valendo. É de cinquenta, a nota. A técnica do apostador é simples: olhar para um copo, um só copo, o copo. Quem não apostou, nessas horas é como se tivesse, e faz o mesmo. E se tiver o hábito de cruzar os dedos ou ficar na ponta dos pés, não vai deixar de fazer. A bola, a essa altura já engolida pelo copo, a bola vai rolando pelo tecido bem esticado sobre a mesa e pelo pensamento do Barão, desaparecida e dançando pelo traçado de oitos que o Mancha faz com os copos, e quando ficam alinhados e bem paradinhos o Barão aponta para um deles, o da sua esquerda. Para os que precisam prender o ar, é o momento. Então o Mancha levanta o copo, o escapulário de barbante enrolado no pulso com tatuagem de traço grosso, e o nervoso dos espectadores se dissolve à maneira de cada um, tem quem deixa escapar um gritinho, quem bate palmas e logo desiste, quem sorri e balança a cabeça negativamente e quem, sem nenhum sintoma exterior, se sente encorajado. O Barão, nessas horas, produzia um sorriso desconfortável, como alguém que usasse roupas emprestadas, pegando seu dinheiro sob olhares e logo esquecido naquele vai-não-vem entre os que tentam se afastar e os que querem chegar um pouco mais, que os copos já iam voltar a correr, saindo no ritmo dele pelo corredor formado por fachadas de uma tipografia que já se foi, mas insiste em ficar, e os toldos fora de esquadro mofados de umidade e tempo, o aclive da rua ainda pouco perceptível, até pegar à direita na esquina seguinte.

Na Rue d'Orsel, ele evita entrar na primeira, senão o caminho fica muito curto, e segue até a Rue Seveste, à direita. Turista, ali, só se entrou por engano, vá entender, que ela também leva aonde querem, mas que nada, ninguém. É dessas ruas que jamais veem o sol, mesmo quando há, porque estreita e diagonal – diagonal a sabe-se lá o quê, enfim, diagonal a tudo –, de modo que os dias ali parecem um entardecer eterno. Para o Barão, que guarda a nota nova no bolso de trás enquanto a jogadeira segue no bolso fundo da frente, tanto melhor o pouco movimento, ou tanto faz, o importante é saber o tempo certo, a rua ser vazia ou cheia não é problema dele. O que preocupa se cheia ou vazia é outra coisa, isso sim, e o Barão enxerga a mulher em casa, ela que de tão magra tem os pés sempre gelados, as mãos de dedos compridos e articulações salientes desembaraçando os cabelos da pequena Rada, ele chegando só à noite, como é que vai ser então com o inverno? Ainda mais se ela – e se for verdade o que ela acha?

O movimento reaparece junto com a esquina, e entrando à direita o Barão está de novo no Boulevard de Rochechouart, agora no sentido crescente dos números, sempre o lado par. Araras de roupas, calçados em promoção, o ritual dos acenos não-correspondidos. Estacionados em fila dupla, furgões brancos fazem suas entregas, as letras ilegíveis e pontiagudas pichadas de cima a baixo. Logo já é a Rue de Steinkerque, e então o ajuntamento em torno da mesa e os copos e o Mancha. Um turista nunca para duas vezes num mesmo lugar. O Barão, sim. E com ele a nota de cinquenta, e a surpresa de todos e a vontade de olhar mais um pouco, só para ver no que vai dar. A bolinha vai ao centro, um copo emborcado sobre ela, os dois outros um para cada lado, e o Mancha começa o trajeto das mãos, que giram e saltitam de copo em copo, o Barão pensando que se sua mulher fosse um deles, bom se fosse sem a bolinha, duas chances contra uma. Mas ela está lá, a bolinha no copo à sua esquerda – e será que também na barriga da esposa? Dinheiro entregue, sorriso dado: seguir adiante.

A hora é de ir com o fluxo, Rue de Steinkerque acima rumo ao topo do formigueiro, lá onde o carrossel nunca para de rodar e os tantos degraus das escadarias e os gramados ficam cobertos de gente, o funicular subindo e descendo e subindo, ali onde aplicam o golpe da pulseira trançada na hora, e também o das crianças mudas que gesticulam com suas canetas e apontam para uma folha amassada, e até o golpe do anel de ouro tem umas ciganas que tentam, velho truque, o Sacré-Cœur no alto mais alto, que o Barão tem até medo de prender o olhar, de enfeitiçado, pairando como um ônibus espacial estacionado, ou só aquela parte descartável dele, o tanque de combustível e os dois foguetes, as três torres que vão ficando ovaladas até sair uma ponta, e bem na ponta de cada ponta uma cruz. O Barão nem chega a atravessar em direção à praça, isso ele fazia no início porque era novidade, e passeava e olhava, agora vai só costeando pelo lado da antiga usina até chegar na Rue Seveste, cuja parte alta é tão chocha quanto a outra, mas como o importante é caminhar e não demorar nem pouco nem muito, ela serve bem, e enquanto isso mais uma nota vai para o bolso de trás. As lojas que tem ali – isso pelo menos tem nesse trecho –, e também as da Rue d'Orsel quando ele entra à direita, são lojas de tecido, e os tecidos ficam expostos nesses cabides de pedestal, aos montes e bem aprochegados, como uma multidão de fantasmas magrelos e coloridos que fazem parte de um coral, as fileiras de trás mais altas, só que não cantam, nem assustam.

De assustar por dentro é o alvoroço que o Barão percebe, chegando já na esquina da Rue de Steinkerque, um recatado corre-corre de quem só vai correr como último recurso, os que entendem, entendem, e o restante passa desapercebido pelas bancas improvisadas que se fecham, pela afobação medida, os lençóis que estavam no chão se transformando em sacos, bugigangas em fuga. A ordem, nesses casos, é agir normalmente, e mesmo que não fosse, o Barão é que não ia arriscar, e assim nem chega a entrar na rua, espiando com olho vesgo e pescoço duro ao cruzá-la para fingir melhor a naturalidade que não tem. Já aconteceu, claro, não é primeira vez, e sem consequência, mas inquieta só de pensar que o param, pedem documento que não há, ainda mais ele não sendo muito solto na língua nem na lábia, e se então o levam para passar a noite em sala escura, isso não quer. Depois de quebrar à esquerda na Rue Dancourt, o Barão vai de novo à esquerda, Boulevard de Rochechouart, sem saber se tem pressa ou receio ou arrependimento.

Pois de certo modo o jogo depende dele, que a bolinha deve aparecer de vez em quando, isso o Mancha diz todas as manhãs quando o Barão chega, mas no seu entender a coisa é mais complicada, vale é bolinha desaparecendo. E ele também. E enquanto fica dando volta em quarteirão, só por curiosidade, quanta bolinha desaparece, e isso então num dia inteiro? Do Mancha não desconfia, homem justo, afinal foi ele que ofereceu o posto – o Barão anterior tinha se ido, ele recém chegando para tentar a vida –, mas dá tristeza ter que devolver aquilo tudo no fim do dia, tristeza de caixa de banco, de bilheteiro de circo, o Mancha ainda é bom nas contas e nunca um mísero enganinho, com seu dedo lambido na ponta ele vai virando e recontando e o maço de notas vira uma só para o Barão, ou nada, que se o Mancha diz que era dia ruim foi dito. Aí é se virar com o que tem, nada de novo. Faltando alguns metros para a esquina, o Barão não acha nos outros indício de alteração, o dia até adquiriu algo de nobre que o fim de tarde tem a oferecer, como se naquele intervalo entre o escurecer e o acender das lâmpadas o ar ficasse mais denso, o tempo se alongando, o silêncio mais solene. À esquerda na Rue de Steinkerque, e logo vem o homem que torra as castanhas na placa cheia de furinhos feitos com prego, a placa sobre um tonel com brasas e o tonel dentro de um carrinho de supermercado, vem o homem dizendo levaram ele, levaram o Mancha!, assim normalmente pela rua e sem preocupações de anonimato, e a primeira vontade que o Barão teve foi de caminhar para qualquer lado, só caminhar, onde já se viu levarem o Mancha, que pode acontecer é sabido, é da vida, mas não é coisa de se esperar quê. Ele mesmo contou um dia, o Mancha, até risada o homem deu, embora dissesse que não gostava de lembrar, que da última vez tinham sido sete dias de molho, mais sete ressabiado em casa, e nessas duas semanas o Barão, ele mesmo se pergunta, o Barão se vira como?

As lojas de lembrancinhas tinham suas luzes brancas acesas, um grupo seguia uma mulher ruiva que levantava um guarda-chuva fechado, e na frente da barbearia continuava a mesa do Mancha, ninguém muito aí para ela, dois copos em pé e um que tinha escorrido para o chão. No bolso, a mão redescobriu a nota de jogo, como quem ouve o pingo da pedra jogada no poço, como a voz da esposa dizendo que poderiam dar um jeito, isso se por acaso, ainda nem era certo, e a mão foi de pronto no bolso traseiro conferir se as outras, sim, elas estavam lá. Agachou-se, olhando fino na calçada, nas frestas entre os paralelepípedos, e encontrou, macia como não imaginava, aquela coisinha de espuma do tamanho de uma ervilha, talvez grande demais para uma formiga, encontrou e juntou-a, que o Barão era fera em encontrar a bolinha.

VISITAS

MINIBIO

SAMIR
MACHADO DE MACHADO

Cidade: Porto Alegre

Nascimento: Julho de 1981

Formação: Publicidade e propaganda (PUC/RS)

Ocupação profissional: Diretor de arte, designer e capista

Livros individuais: O professor de botânica (2008)

Organização de antologias: Ficção de polpa, vol. 1 (2007), Ficção de polpa, vol. 2 (2008), Ficção de polpa, vol. 3 (2009), Ficção de polpa: crime! (2011)

Filme favorito de Steven Spielberg: Parque dos dinossauros (1993)

FILMOGRAFIA

STEVEN SPIELBERG

1971
Encurralado
1975
Tubarão
1977
Contatos imediatos de terceiro grau
1981
Os caçadores da arca perdida
1982
E.T. - o extraterrestre
1987
Império do sol
1993
Parque dos dinossauros
1993
A lista de Schindler
1998
O resgate do soldado Ryan
2005
Guerra dos mundos
2005
Munique

“Poucos artistas – em qualquer forma de arte – deixaram uma marca tão forte no imaginário cultural do século XX quanto Steven Spielberg. Isso se deveu não apenas à sua capacidade de antecipar os anseios do público de cada época, mas também à sua habilidade na composição de algumas das cenas de suspense mais marcantes do cinema, quase sempre baseadas naquilo que o espectador não vê. Tais cenas só são superadas pelo dom em criar imagens da mais pura e vigorosa catarse, seja de horror (do desembarque do Dia D a uma invasão alienígena) ou de deslumbramento (luminosas naves alienígenas, cidades perdidas ou dinossauros realistas). Spielberg é um artista que sempre buscou dar um E maiúsculo ao conceito de Entretenimento.”

Visitas

Na véspera de seu aniversário de oito anos, Rafael ganhou do pai um par de walkie-talkies. Importados do Paraguai, enormes peças de plástico de cor bege, longas antenas e um dial capaz de captar uma infinita variedade de chiados de estática, conversas entre taxistas, uma melodia engasgada que talvez fosse de uma rádio, mas absolutamente incapazes de se comunicar um com o outro. Seu pai ficou chateado, era natural, considerando todo o trabalho que tivera em trazê-los de Rivera por sete horas de viagem de ônibus, mas Rafael não se importou com o defeito. Filho único, não teria mesmo com quem brincar, e sabia se virar sozinho: disse que adorou o brinquedo e não o largou o dia todo, correndo pela casa e pelo jardim, sempre em contato direto com agentes secretos e super-heróis.

À noite, subiu para seu quarto. Moravam em uma casa de dois pisos, de telhado triangular, construção típica das cidades de colonização italiana da serra gaúcha. Ali, sozinho em seu quarto, sentou-se sobre a cama, de frente para uma grande janela redonda com pesadas esquadrias metálicas na forma de uma flor (mas, na sua imaginação, eram as hélices de uma turbina). Ali, geralmente dormia olhando o céu, na esperança de conseguir ver alguma estrela cadente (no último Natal, ganhou uma luneta de presente dos pais, mas não tinha paciência para decorar nomes de constelações e logo perdeu o interesse). Naquela noite, com o walkie-talkie na mão, fingiu que conversava com seus amigos da escola, com os primos que moravam na capital e com astronautas imaginários, em missão secreta na lua, de cuja existência só ele tinha conhecimento.

Amanhã é meu aniversário, disse ao rádio. Vai ter bolo de chocolate, vai ter doces, branquinho e negrinho. Cachorro-quente com salsicha fatiada em pão massinha. Vai ter bala de coco. Coca-Cola, Guaraná e Fanta. A festa vai ser de palhaços. Tudo vai ter palhaços. Os copos e os pratos e a decoração e o bolo, tudo. Vai ser bem legal. Vai vir um monte de gente. O Gabriel, o Márcio e os amigos da turma do colégio. As meninas também. Até a Vanuza, eu não gosto dela, mas a mãe disse que tem que convidar por educação, mas tudo bem, porque daí vem mais presente. E os primos vão vir de Porto Alegre. Vai ser muito legal. Câmbio, desligo.

Choveu.

A água começou a cair de madrugada e se prolongou pela manhã. Ao meio-dia, o mundo ao redor da casa era puro barro, um charco. O céu parecia feito com o algodão sujo de um travesseiro velho. Mesmo assim, prepararam as mesas de plástico no jardim dos fundos da casa, que ficava ao lado de um descampado onde, por sua vez, um escorregador de plástico jazia encharcado.

Na cozinha, sua mãe o observava, apreensiva, através da janela que lhe dava visão privilegiada dos fundos e do descampado. Rafael, sentado lá fora, com o queixo sobre os braços cruzados, observava o vento frio que fazia um copo plástico rolar de um lado a outro da mesa, batendo e voltando entre dois pratinhos de papel que o impediam de cair ao chão. Súbito, o telefone tocou. Rafael ergueu a cabeça, apreensivo, e olhou para dentro de casa. Sua mãe correu a atender. Era a irmã, avisando que o tempo ruim e a neblina na estrada a deixavam com medo de subir a serra num carro cheio de crianças. Meia hora depois, a mãe de Márcio ligou para avisar que ele estava gripado e não iria. Às cinco horas, o sol começou a se pôr. Rafael continuava sentado, sozinho no jardim, enquanto sua mãe permanecia na cozinha, procurando qualquer coisa para fazer, que a mantivesse ali, volta e meia precisando encarar o bolo não-cortado, em forma de cara de palhaço, sorriso de merengues, olhos de bombom e nariz de morango, e as caixas cheias de docinhos para repor os que nunca chegaram a ser comidos.

O marido, sentado na sala, mãos nos bolsos, sem saber o que fazer. Por que não ia lá fora e conversava com o menino? Por que ficava ali sentado, sempre esperando que ela tomasse a decisão de fazer algo? O clima entre os dois não andava dos melhores já fazia algum tempo. O silêncio e o vazio daquela festa que não houve só ampliavam o desconforto.

— Que tal alugar um filme? — disse ela, enfim. — Talvez isso alegre o Rafa um pouco.

Ele a encarou por algum tempo, até enfim concordar com um aceno, levantar-se do sofá e sair de casa. Rafael entrou em casa – ouvira o som do carro, perguntou o que havia acontecido.

— O pai foi pegar um filme pra gente ver — disse-lhe a mãe, e saiu para o jardim para recolher os pratinhos de doces.

Rafael pediu-lhe que não. O convite dizia das três às seis, e ainda não eram seis horas. Ela mordeu o lábio, incapaz de dizer ao filho o óbvio, que ninguém viria, como se prolongando o suspense pudesse evitar o momento inevitável em que não teria nada para dizer que pudesse consolá-lo. Concordou, acendeu as luzes do jardim e foi para a cozinha, ocupar-se do jantar, pensar em outra coisa.

Rafael ficou sentado nas cadeiras de plástico. O momento em que comesse algo seria o momento em que precisaria reconhecer que ninguém viria; seu estômago já roncava de fome, cedeu a dar uma mordida em um cachorro-quente já frio, jogou no chão com raiva, cruzou os braços sobre a mesa e afundou o rosto neles, chorando. Ficou uns bons cinco minutos em silêncio, meio sonolento. Ouviu passos na grama, que julgou serem da mãe, vindo retirar a comida fria. Não levantou o rosto, não iria protestar dessa vez. Também não queria ter que encará-la. Os passos, entretanto, não pareceram seguir para dentro da casa, mas em direção ao descampado. Ergueu o rosto, curioso, e viu que os doces ainda estavam todos lá, exceto por um pratinho. Na grama, um brigadeiro solitário estava caído, envolto no papel crepom que simulava uma gola de palhaço.

Levantou-se da cadeira e caminhou para fora do jardim. Atravessou o descampado, e o vento soprou outra rodela de papel crepom azul-claro, vinda de um matagal de árvores altas e emaranhadas ali perto. O sol já havia se posto, mas a noite ainda não surgira, a claridade do dia ainda suspensa por alguns minutos numa indefinição entre o claro e o escuro. Rafael entrou no mato fechado, onde havia um vulto escuro agachado, comendo.

— Quem é você? — perguntou.

Em casa, a mãe colocava a comida no forno. Apertou o botão do acendedor elétrico, mas nada aconteceu. Foi quando se deu conta de que havia faltado luz. Bateu a porta do forno com raiva, xingou a si mesma, buscando algo que a fizesse sentir-se culpada. Mesmo que, conscientemente, soubesse que não era sua a responsabilidade da chuva ou da neblina, o pensamento de que poderia ter se esforçado mais, ligado para as pessoas, insistido, a importunava. No fundo, sentia-se culpada pelo casamento que caminhava para um fim melancólico – e temia que Rafael pudesse sentir o clima ruim dentro de casa.

Achou os fósforos. Abriu o forno e abaixou-se para acender o fogo. Ao se erguer de volta, teve a sensação de ver, pelo canto da janela, alguém de pé do lado de fora da casa, parado, a observando. Virou o rosto rápido, mas não havia ninguém. Logo em seguida, o marido entrou em casa, resmungando do carro que tinha apagado na metade do caminho, do tanto que teve que caminhar afundando os sapatos na terra enlameada e saltando de poça em poça. Tinha na mão duas caixas de fitas VHS alugadas. Uma, de desenho animado, para o garoto. Como ele próprio não tinha paciência para assistir desenhos mesmo com o filho, pegara outro filme, algo mais família, para assistirem juntos.

— Bambi? — disse ela, desconfiada, olhando a caixa da fita.

— Ele gosta, não? Já viu várias vezes.

— É algum tipo de ideia sua? De preparar o Rafa pra alguma coisa?

— Como assim? Do quê você está falando?

— Se você está pensando em ficar com a guarda...

— Meu Deus, é só uma droga de um filme! — resmungou ele. — Será que temos que discutir sobre isso o tempo todo? É só uma droga de um desenho animado! Não vou discutir isso com você, não hoje.

A luz voltou, e foi quando perceberam o quanto já havia escurecido lá fora.

— Cadê o Rafa? Não era melhor ele entrar? — perguntou o pai.

Ela o encarou em silêncio, largou a fita de vídeo sobre a mesa da cozinha e saiu para o quintal. Não percebeu o menino à vista, mas notou que um pratinho de doces havia sido tirado da mesa. Sorriu, de alguma forma a confortava saber que ele parara com a birra e comera alguma coisa. Recolheu a comida e olhou para o alto: o tempo começara a abrir num céu estrelado. Ao menos, teriam uma noite bonita.

Terminou de guardar a comida e deu uma olhada no assado. Estava quase pronto. Chegou à beira da escada e gritou por Rafael, que descesse para jantar. O menino não respondeu. Ela começou a ficar preocupada. Subiu até o quarto, mas estava vazio. Por algum motivo, acreditava que o garoto havia subido e estava no quarto havia um bom tempo. Sentiu um calafrio. Desceu as escadas e gritou outra vez.

— Rafael!

— O que aconteceu? — perguntou o pai.

— Não encontro esse menino.

— Não está lá fora?

— Não.

— Rafael! — gritou o pai.

— Tô aqui — respondeu ele, entrando na sala.

— Onde você estava, meu filho? — perguntou a mãe.

— Falando com um amigo.

— Onde?

— Já foi embora.

Os pais se entreolharam. Sabiam que o menino estava inventando aquilo, mas, se aquela era sua forma de lidar com a festa malsucedida, não tirariam isso dele.

A mãe ficou um pouco aliviada por saber que, pelo menos, alguém aparecera na festa. Rafael parecia tranquilo, ainda que um pouco cabisbaixo com as outras ausências. O menino colocou as mãos nos bolsos e baixou a cabeça, falando e balançando o corpo como fazia quando se preparava para pedir algo que achava que não seria permitido.

— Ele perguntou se posso visitar a casa dele.

— Onde ele mora?

— Não sei...

— Como se chama?

— Também não sei.

— Como assim, não sabe? Não era um amigo?

— É um amigo novo. Pra trocar pelos outros que são tudo merda.

— Não diga palavrão!

— Desculpe.

Ficaram os três em silêncio por alguns instantes. Ela se abaixou e pediu que ele a olhasse nos olhos. O menino obedeceu. Ela perguntou se estava tudo bem, e Rafael respondeu que sim, só estava chateado porque os amigos antigos não tinham aparecido, mas tudo bem, trocava todos pelo amigo novo. A mãe perguntou sobre o que ele e o amigo conversaram.

— Nada. Ele não falava muito. Acho que é mudo.

— Como assim? Como sabe que ele convidou você pra ir à casa dele?

O menino ergueu os braços. Eu só sei que ele convidou, disse. Ela colocou a mão em sua cabeça para verificar se estava com febre, mas não estava. Creditaram tudo à imaginação de Rafael, que tendia a aumentar quanto mais sozinho ficava. Os três jantaram o assado, e cada um comeu uma fatia do bolo como sobremesa. Nenhum dos dois estranhou que Rafael resolvesse jantar com um dos walkie-talkies ao lado, tampouco perguntaram onde fora parar o outro. Não quis assistir filme nenhum, preferia ir direto para o quarto.

O pai anunciou que iria buscar o carro, ver se agora o motor pegava, e saiu de casa, enquanto a mãe o colocava para dormir. Com um beijo de boa-noite na testa, saiu do quarto aliviada que, afinal de contas, o menino não estava tão tristonho quanto temia.

No meio do caminho, enquanto descia as escadas, faltou luz outra vez. Resignada, tateou o caminho até a cozinha à procura de velas. Encontrou-as jogadas no fundo de uma gaveta e buscou a caixa de fósforos deixada sobre o fogão. Riscou um fósforo, e o quintal inteiro se iluminou com uma luz branca, intensa e leitosa. A casa toda chacoalhou, o som de vento uivando ensurdecedor por todas as frestas, como se uma turbina de avião estivesse batendo à porta. Não pensou no que podia estar acontecendo, ou como estava acontecendo; a única coisa que pensou foi no filho, e subiu as escadas correndo, saltando os degraus de dois em dois, atirou-se para a porta do quarto de Rafael, mas estava trancada – e ela não a havia trancado. A maçaneta sequer girava. Bateu com os punhos, gritou. O desespero lhe deu forças que não imaginava ter, atirou-se de ombro contra a porta de madeira, fazendo-a rachar, a intensa luz branca vazando pela fresta. Olhou em volta, pegou a coisa mais pesada ao seu alcance – a base de metal de um abajur na cômoda do corredor – e golpeou a porta com força. Quanto mais rachaduras surgiam, mas jatos de luz branca vazavam, o som de vento ondulando em ciclos, pouco a pouco se dando conta de que não era simplesmente vento que produzia aquele som. Súbito, a luz se apagou, e a porta cedeu. Ela entrou no quarto desesperada, tropeçando em brinquedos e gritando o nome do filho. O som cíclico de vento agora estava distante e se afastava cada vez mais. A janela redonda, com suas pesadas esquadrias em forma de flor, estava aberta. E Rafael não estava mais no quarto.

Quando o marido entrou na casa, ficou apavorado. Da estrada, não tinha bem certeza do que vira, e encontrar a casa revirada como que por um terremoto o deixou em pânico. Subiu a escada aos tropeços. Encontrou a esposa sentada na cama de Rafael, em silêncio, imóvel, observando o céu estrelado através da janela aberta. Segurava firmemente entre as mãos o walkie-talkie paraguaio. Ele perguntou onde estava Rafael. Ela, por algum motivo, sorria. Disse que estava tudo bem. Mas que precisavam conversar.

SOBREVIVENDO
À RAZÃO

MINIBIO
ANTÔNIO XERXENESKY

CIDADE: Porto Alegre

NASCIMENTO: Dezembro de 1984

FORMAÇÃO: Letras (UFRGS) e mestrado em Literatura Comparada (UFRGS)

OCUPAÇÃO PROFISSIONAL: Degustador solitário de cerveja

LIVROS INDIVIDUAIS: Areia nos dentes (2008), A página assombrada por fantasmas (2011)

PARTICIPAÇÕES EM ANTOLOGIAS: Ficção de polpa 1 (2007), Ficção de polpa 2 (2008), Ficção de polpa 3 (2009)

FILME FAVORITO DE HAL HARTLEY: Flerte (1995)

FILMOGRAFIA
HAL HARTLEY

1989
Uma relação muito perigosa
1990
Confiança
1991
Surviving desire
1992
Simples desejo
1994
Amateur
1995
Flerte
1997
As confissões de Henry Fool
1998
O livro da vida
2001
No such thing
2006
Fay Grim

"Nem Tarantino, nem Kevin Smith. Se alguém leva a coroa de *pioneiro do cinema independente americano,* é Hal Hartley. Começou a filmar no fim dos anos 80 obras de baixíssimo orçamento, focadas em diálogos. Seus personagens, jovens de vinte e poucos anos, entram em cena e perdem-se em monólogos e digressões de caráter filosófico que tentam dar conta das coisas mais ordinárias da vida. São filmes artificiais, de conversas improváveis, muitas vezes interrompidas por absurdas cenas de dança. Com momentos embalados por grandes bandas do rock alternativo, o diretor se perde em experimentos de metalinguagem e nonsense. *Flerte* e *Surviving desire* são provas da criatividade do cineasta e foram as principais inspirações; filmes imperfeitos, mas completamente autênticos."

Sobrevivendo à razão

"É uma droga morar nessa cidade pequena, provinciana", disse Penélope, com seus cabelos azuis picotados e seu vestido sujo do guaraná que recém tinham lhe jogado de um carro em movimento.

"Eu gosto daqui. Se você não gosta que joguem coisas, volte a ter um cabelo de gente. Mas não era isso que você me dizia".

Ela suspirou e tentou recordar o que falava antes do incidente.

"Bem, eu falava do Rafael, é dele que eu falava. Eu prometi uma decisão final para hoje", e suspirou de novo, dramática. Ela deveria fumar um cigarro para poder expelir a fumaça cinza em câmera lenta, pois câmeras nunca captariam todo o sofrimento de um suspiro invisível.

"E qual é o problema, não quer mais falar dele?".

Penélope respondeu que não era isso, é só que ele, Marcos, seu amigo, era a terceira pessoa com quem ela conversava sobre Rafael. Penélope não mentia. Na caminhada pelo bairro, se deparou com (em ordem):

a) Lúcia, que disse: O problema é você, Penélope, Penélope esperando seu Ulisses retornar da guerra. Não, ele não vai voltar. Ele vai ser levado pelas sereias, entende? Uma mulher precisa aprender a viver sozinha. Como eu. Quando eu quero homem, vou numa festa e espero. Esse é o paradigma. Mulher tem essa vantagem, pode pegar parada. Fica parada e escuta o desfile de cantadas. Se nenhuma agradar, bebe mais uma dose de vodca. Algum cara minimamente interessante tem que aparecer, sabe, Pê? Mas aí vai você e pergunta se o sujeito leu Camus, aí estraga. Estraga, não dá. Ou você chega e diz: "A música daqui é uma merda". Também não dá. Se o cara tá naquela festa é porque ele gosta da música, não? Aí você ouve de resposta: "Essa é minha música favorita, na verdade". Não dá, saca?

b) Carlos, que disse: Homem é tudo uns bostas. Tudo. Sério, sem exceção. Tipo, eu lembro quando eu tinha treze anos, primeira namoradinha, aquelas coisas. Oito meses esperei para comer a menina. Pensei que se havia algo de sagrado no mundo era aquele namoro. Entrei, depois, no ensino médio e puf, fodeu. As garotas todas queriam me levar pro banheiro, assim, no mais. Não sei se meu colégio tinha algo de especial, mas boquete era quase um aperto de mão. Não deu certo esse primeiro namoro. E nenhum mais, depois, também deu. Não com essa ilusão de monogamia. Você precisa aprender a separar, Penélope, amor de paixão e de sexo. Não, espere. Você precisa repensar esses conceitos. Porque você sabe que são só criações ocidentais de raiz católica. Sabe, não sabe?

E, agora, Marcos. A terceira pessoa que ela encontrara por acidente, caminhando nas mesmas ruas do bairro que sempre caminha. Nessa cidade, há uma impossibilidade de ser anônimo. Mais de um milhão de habitantes, dizem os censos. Mas o censo não calcula quantos desses são de classe-média, do tipo que se veste com jeans e camiseta, que escuta Sonic Youth e gosta de bandas com ruído em excesso. Se contassem, o número não passaria de sessenta. E todos circulam pelas mesmas ruas, frequentam os mesmos botecos, os mesmos cafés, fumam a mesma marca de cigarro.

Marcos, a terceira pessoa a apresentar uma tese sobre o fracasso de Penélope e Rafael em menos de uma hora. Conte-me, Marcos, ilumine-me com sua sabedoria.

c) Marcos disse: Bem, você vê, Penélope, pessoas como nós – não me olhe assim, você sabe que os guetos existem –, que gostam das mesmas coisas que nós... temos dificuldade em nos relacionar com outros que estão fora desse círculo. E você escolheu logo um estudante de física pra namorar. O que estudantes de física escutam? Metal brega com letras sobre dragões. Não, não, espera. Trilha sonora de *O senhor dos anéis*. Isso que eles escutam. E você se apaixona por ele mesmo assim, força o coitado a ler Kafka – é óbvio que ele ia detestar Kafka –, depois vai na direção oposta, Lobo Antunes – meu Deus, é óbvio que ele não passaria da página 50... Você mostra as suas músicas pra ele, músicas sem refrão, de estrutura bagunçada, o vocal soterrado pelos instrumentos... e ainda quer que dê certo esse relacionamento. Não adianta tentar escapar. Nós somos aquilo que escutamos, vemos. Fugir disso? Só pelo sexo. Só se ele fosse um gostosão, sei lá. Mas não. Um magricela de óculos.

Três teses sobre o fracasso. Três teses fracassadas. Um grande fracasso chamado relacionamento. E assim Penélope deu tchau e seguiu caminhando pelas ruas, dessa vez por ruas menos frequentadas, na esperança de não encontrar outros conhecidos, de não ouvir outras teorias furadas. A noite foi chegando, imperceptível. O horário de verão tinha acabado dois meses atrás – às seis e meia, já começava a anoitecer. Um mendigo deitado gritou-lhe um "Hei, gostosa", e ela, a passos rápidos, respondeu com o dedo do meio. "Qual é, gatinha, tão triste. Namorado deu o fora?". Sem acreditar, virou-se em direção ao pedinte. Ele contava três dentes entre os beiços. Penélope seguiu com mais pressa ainda e dobrou na esquina.

Como confiar nos outros para que opinassem sobre o relacionamento dela? O que alguém no mundo saberia sobre Penélope e Rafael? A maior parte das pessoas sequer sabe viver a própria vida. Insistem, porém, em dar conselhos. O pior é que sempre existirão Penélopes para escutá-los. Ela precisava criar sua própria tese.

d) Relacionamentos, nos dias de hoje, são cíclicos. Têm um período de validade, quiçá cada vez mais curtos. A ideia de que um casal passaria uma vida inteira juntos, de que teriam sido feitos um para o outro, essa ideia está morta e enterrada. O sucesso estaria em manter pequenos relacionamentos estáveis, trocar o parceiro quando cansar. Não? Como sair, porém, incólume, disso? Como não sair caminhando pelas ruas sem saber o que fazer, que decisão tomar? E isso, essa nova maneira de funcionar do mundo, seria boa? Está certo, o universo funciona assim, o ocidente pelo menos, não há escapatória. É bom, no entanto? Não poderia ser melhor? Ao aceitar o jeito que as coisas são, ao dizer tchau para o Rafael, eu não estaria apenas seguindo o caminho mais óbvio que a vida me ofereceu? E se terminar for um grande erro, um daqueles erros desgraçados que, quando velhos, moribundos, com câncer, vão nos levar a sofrer, nos encher de memórias melancólicas entre um momento de lucidez e outro?

A tese dela era furada. Que espécie de tese se constrói com pontos de interrogação? O melhor era desconsiderá-la. Apagar da mente a tese d. Riscá-la.

A temperatura caía. Ela se imaginou em outra cidade, uma cidade fria, onde nevasse, como Montreal, no Canadá. Não sabia nada acerca de Montreal, exceto, talvez, que todas as suas bandas favoritas vinham de lá. Penélope imaginou uma cidade inteira cheia de gente interessante e legal, que se reuniam em bares de iluminação agradável, aconchegantes, para ouvir música, e que, naquele convívio quentinho, longe da neve, se sentiam unidos, parte de um mesmo mundo, um grupo que respeitava a distorção das guitarras como se o ruído delas fosse o raio-x das suas almas. Nesse cenário de sonho, o que tinha de sobra eram pessoas interessantes, garotos que ainda não tinham ficado com todas as suas amigas, porque o círculo de amigos não era tão pequeno, tão provinciano. Havia expectativa para as pessoas. Elas podiam ser legais, elas podiam não se revelar idiotas, ou então sem graça (muito pior do que idiotas) depois de seis meses. Ao iniciar um relacionamento, a primeira frase mental não seria "Quando vai acabar?", mas "Vamos ver no que vai dar?".

O cheiro de frango assado de um bifê trouxe Penélope de volta ao seu país de origem. Sem se dar conta, tinha dado uma volta na quadra nesse meio-tempo e, agora, rumava inconsciente à casa de Rafael. No caminho, se deparou, outra vez, com o mesmo mendigo. Agora, ele estava acompanhado de dois outros sujeitos, e todos carregavam pás. Deviam estar trabalhando numa construção. "Ei, azulzinha", chamou o conhecido. Penélope apertou a bolsa contra o corpo, temendo o pior. "Dá uma olhada nisso aqui!". Ela quase fechou os olhos, lembrando o último mendigo que, após dizer o mesmo, abriu a braguilha e balançou um minúsculo pênis flácido. O que aconteceu, no entanto, foi que os dois mendigos se aproximaram do que falava, formaram uma linha, cravaram a pá no chão, deram uma volta ao redor dela cantando "tchururu", levantaram a pá e acertaram a própria cabeça. O som de "tóim" ressoou no ar como em uma história em quadrinhos cheia de onomatopeias, enquanto os três rodopiavam pelo chão, fingindo-se de mareados em uma coreografia ensaiada.

"Como você se sente?", perguntou o pedinte do meio. Ela pensou que era uma deixa para que os outros respondessem algo, então ficou em silêncio. Ao perceber que ela, Penélope, era o alvo da pergunta, apenas pôde dizer: "Melhor, sem dúvida". E continuou caminhando, pois logo já escureceria e, em alguns anos, ela deixaria de vez de ser adolescente.

o paradigma do
MEXILHÃO

MINIBIO

RAFAEL BÁN JACOBSEN

CIDADE: Porto Alegre

NASCIMENTO: Maio de 1981

FORMAÇÃO: Bacharelado e mestrado em física (UFRGS)

OCUPAÇÃO PROFISSIONAL: Escritor e professor de física

LIVROS INDIVIDUAIS: Tempos & costumes (1998), Solenar (2005), Uma leve simetria (2009)

PARTICIPAÇÕES EM ANTOLOGIAS: Ficção de polpa 1 (2007), Ficção de polpa 2 (2008), Ficção de polpa: crime! (2011)

PRÊMIOS LITERÁRIOS: Prêmio Açorianos de Literatura – Destaque na Categoria Narrativa Longa (1998), Prêmio Açorianos de Literatura – Categoria Narrativa Longa (2006), Bolsa Funarte de Criação Literária (2009)

FILME FAVORITO DE PEDRO ALMODÓVAR: Má educação (2004)

FILMOGRAFIA

PEDRO ALMODÓVAR

1986
Matador
1987
A lei do desejo
1988
Mulheres à beira de um ataque de nervos
1990
Ata-me!
1997
Carne trêmula
1999
Tudo sobre minha mãe
2002
Fale com ela
2004
Má educação
2006
Volver
2009
Abraços partidos

"Uma das cenas dos filmes de Almodóvar que desperta mais fortes reações no público é a provocativa cena de abertura de *A lei do desejo*, em que vemos dois dubladores dando voz a uma sequência em que, incentivado e guiado por um homem que a câmera não mostra, um jovem se entrega a práticas autoeróticas. Após se masturbar, recebe dinheiro do outro homem, conta as notas e as atira sobre um jornal na mesinha de cabeceira. Logo depois, surge a palavra FIN na tela, e vemos que a cena era, na verdade, o final de um filme dentro do filme. Julguei que seria um exercício interessante imaginar o enredo dessa película, ou seja, especular sobre qual sequência de acontecimentos culminaria naquela cena."

O PARADIGMA DO MEXILHÃO

El mejillón paradigmático enseña que hasta ahora
el mantenimiento de las características poblacionales
parecía asegurado por la doble procedencia de la semilla utilizada.

UXIO LABARTA, *EL PARADIGMA DEL MEJILLÓN* (EL PAÍS, 20/7/1984)

1. Maré baixa

"O filho da puta mora em Madri. Procure por Estebán, no clube El Lúmen".

Eu nunca imaginaria que essas seriam as últimas palavras de minha mãe, ditas entre estos furiosos de dor, naquele cair de tarde em que se deu a derradeira batalha entre o seu corpo e o tumor que lhe roía as vísceras. Por alguma dessas razões que têm lógica apenas na mente de quem agoniza, ela achou por bem reservar seu último fôlego para, enfim, revelar-me o que por tantos anos eu lhe perguntava. Naquele momento, sentado junto ao seu leito no Sanatório Santa Maria, observando um sanguíneo feixe de luz solar bater em seu rosto, o que lhe dava uma falsa aparência de vida, eu agradeci – não ao crucifixo na parede e muito menos a Deus – por ter chegado a tempo. A mensagem recebida na noite anterior pelo telegrafista do navio era vaga (MARINHEIRO ECHEVERRÍA URGENTE MÃE HOSPITAL); no entanto, qualquer palavra adicional seria tão espúria quanto uma lágrima que eu derramasse ali, no tombadilho, ao receber tal comunicado, ou mesmo depois, já na enfermaria, ao constatar que a decrepitude latente em vida apossara-se, de súbito, do corpo de minha mãe, como se ela toda murchasse de uma só vez, envolta em um véu acinzentado.

Demorei pouco na assinatura de todos os papéis e logo ganhei as ruas amortecidas de Pontevedra. Meu andar trôpego, como se eu estivesse ainda em alto-mar, no convés, enfrentando uma procela, levou-me pela Calle de Michelena direto à Plaza de Orense. Ali, o relógio na torre do Santuário da Virgem Peregrina marcava seis horas. Senti os olhares dos poucos passantes cravarem-se em mim quando me pus de joelhos ante a fonte no adro da igreja e comecei a molhar meu rosto, a nuca, os cabelos. Havia o calor acumulado pelas pedras da cidade ao longo daquele dia de início de verão; porém, mais do que isso, havia o furor de inesperadamente estar ali, o lugar onde eu nascera e passara a infância, havia a lembrança superposta de minha mãe morta e das manhãs que ela passava limpando os mexilhões que nos traziam sustento, havia as despesas do hospital e, sobretudo, havia um nome: o de meu pai.

Eu passara mais de vinte anos tentando arrancar aquele nome da alma espessa de segredos de minha mãe; ela, contudo, asseverava que eu não precisava sabê-lo – bastava olhar ao redor (para ver as paredes sem tinta e os móveis cotiados de nossa casa) e observar também as suas mãos (e constatar quantas rugas tinham por culpa da água salgada e quantos cortes as conchas negras dos mariscos lhes haviam infligido) para que eu aprendesse o mais importante a respeito do meu pai: ele não passava de um bastardo que nos abandonara.

"Jamais nos deu um centavo", dizia ela. "Uma vez, chegou a falar que, se eu morresse à porta dele, não pagaria um caixote de madeira para me enterrar".

Ainda prostrado, ergui a cabeça e contemplei a estátua de Teucro encimando a fonte. Naquela representação de formas arredondadas e aparência infantil, o arqueiro grego quebrava o pescoço do leão de Nimeia em frente a uma cruz, em uma confusão de histórias e mitos que parecia estar ali para me fazer lembrar que Pontevedra, de acordo com a lenda, tinha sido fundada por um homem rejeitado pelo seu pai – assim como eu.

Já era noite quando o ônibus me deixou perto de casa, do outro lado do estuário, na Praia Lourido. Impossível não me deixar hipnotizar pela mancha escura e soluçante do mar sem dia e, nela, tentar distinguir a batea de nossa família, a estrutura de madeiros entrecruzados em grade de onde pendiam as grossas cordas submersas que serviam de substrato à fixação e multiplicação dos mexilhões desde os tempos de meu avô. Tirei os sapatos e caminhei pela estreita faixa de terra até sentir a calidez das ondas sobre os meus pés, enquanto meus dedos afundavam na areia, sem pressa, do mesmo jeito que eu gostava quando menino. Recordei as explicações de Paco, o único empregado que fora possível manter em nossa batea e cujo trabalho consistia em, a bordo de um barco a remo, fazer sucessivas idas e vindas entre o criadouro e a praia, trazendo os mariscos para os cuidados de minha mãe. Paco contava-me que, quando o pé de um mexilhão encontra uma fenda, cria uma bolha de vácuo, forçando o ar para fora, como se fosse um dreno; o chamado bisso, que serve para fixá-lo em definitivo à superfície, é feito, então, a partir de uma espuma pegajosa vomitada nessa câmara: ondulando seu pé e bombeando a espuma, o mexilhão produz filamentos com textura similar à da seda e a espessura aproximada de um fio de cabelo, um adesivo notável que não é degradado nem deformado pela água. Eu, ao contrário, não me fixara àquela praia, a Pontevedra, à Galícia, sequer à Espanha; nada fora capaz de me prender em terra firme, nem mesmo o apego natural ao que é imóvel, a compaixão que eu sentia ao testemunhar a batalha solitária de minha mãe, ou os carinhos de Paco e dos tantos outros que vieram depois. Todavia, não há como negar que aquele homem exerceu sobre mim um fascínio tão grande quanto o dos oceanos, talvez porque repousassem nele as sementes de todos os homens que eu experimentaria depois. Eu gostava de vê-lo retornar à praia, movendo os remos enquanto se estufavam os músculos dos braços, admirar o seu esforço para retirar do barco as pesadas cordas repletas de mexilhões, sentir, mais intenso do que o cheiro de maresia que exalava dos moluscos, o perfume cheio de ambiguidades do seu suor. Paco era, para mim, a reencarnação perfeita de Teucro. Minha mãe sempre falava que eu era ensimesmado, mais parecia um daqueles mariscos, de tão cerrado entre minhas conchas. Mas, com Paco, sempre pude desvelar-me. E culminou naquele pôr do sol, quando as árvores da orla já engendravam sombras suficientes para ocultar a ousadia dele de pegar o filho da patroa, deitá-lo de bruços sobre a areia fina e saciar suas vontades com aquele menino de doze anos que, mesmo sem entender tudo o que se passava, queria fazer agrados no galego de corpo teso e bronzeado que estava ali, babando e gemendo coisas no seu ouvido e que lhe impingia uma dor nova e estranha que o fez pensar, imediatamente, nos dedos da mãe abrindo à força uma dupla concha para expor a carne úmida de um marisco. Prensado entre o chão e o corpo de Paco, eu conseguia ver, adiante, a Ilha de Tambo e, do outro lado, a indústria de celulose em seu eterno resfolegar. Meu rosto esfregava-se no chão, e eu nem senti quando minha testa se feriu e um filete de sangue desceu por entre meus olhos, vagaroso e rubro.

Alguns anos depois, quando eu havia recém ingressado na marinha e fazia uma das minhas breves visitas a Pontevedra, encontrei o pequeno barco largado na beira da praia, semicoberto pela vegetação, a madeira maculada por nódoas de musgos e liquens. Com o dinheiro cada vez mais escasso, minha mãe vira-se obrigada a dispensar os serviços de Paco, e ele fora embora da cidade. Ela cedera o uso da batea a outros criadores, que lhe pagavam um percentual cada vez mais reduzido sobre o que conseguiam dali extrair. "Seja como for, esses miseráveis me dão, em uma semana, muito mais dinheiro do que o seu pai em toda a vida dele", assim ela constatava, pontuando a frase com um suspiro.

O sobrado quase em ruínas que me esperava naquela noite não era mais a minha casa. A porta se abriu em um rangido, um urrar de coisa velha que prenunciava o fartum de mofo dominante no interior. Acendi apenas uma lâmpada e, sem olhar em volta, subi ao meu antigo quarto. Deitado na cama estreita, mais adequada a um menino franzino do que a um marinheiro de torso alargado pelas pesadas lides da nau, fiquei observando a nesga da noite que a janela sem cortinas me oferecia. Como quitar a dívida do hospital? E a funerária? O meu soldo de marujo era nada, um nada apenas um pouco maior do que meu gasto com bebida e cigarros. A quantia que eu juntara nos últimos tempos não pagava sequer o caixão. Para piorar, eu tinha certeza de que, tão logo soubesse da morte de minha mãe, o nosso senhorio viria reclamar aquela casa, pela qual, movido por evidente e irritante piedade, ele cobrava, há décadas, um aluguel irrisório, além de perdoar os constantes atrasos no pagamento. Que viesse. Aquele já não era, de fato, o meu lar.

Eu estava decidido. Na manhã seguinte, pegaria um ônibus para Madri.

2. Maré alta

Chegando à capital, minha primeira providência foi alugar um quarto em um pensionato no bairro de Chueca, a apenas duas quadras do clube El Lúmen. Desde o momento em que pisei naquele prédio antigo e sem cuidados, o proprietário, que atendia na recepção, ficou me olhando dos pés à cabeça. Era um sujeito de cabelos grisalhos, fala arrastada e com um jeito de vestir muito parecido com o da maioria dos homens naquela vizinhança: calça justa, camisa em cor berrante, uma profusão de anéis, pulseiras e cordões dourados. Enquanto me mostrava o quarto – um cubículo conspurcado de umidade –, fez-me perguntas das quais me desviei a todo custo. Seu tom, cheio de espalhafato e ironia, foi, pouco a pouco, tornando-se mais sóbrio. Parecia ter desistido de puxar conversa quando, de repente, observando meu traje, lançou: "Você é marinheiro mesmo?".

"Sim", falei, contrariado, "há cinco anos. Mas estou de licença por umas semanas".

Ele se apoiou no marco da porta, tirou uma cigarrilha do bolso, acendeu-a e, entre uma tragada e outra, comentou: "Posso imaginar o que se passa com tantos homens juntos, trancafiados nesses navios".

Pegou um chaveiro, ficou rodopiando-o no indicador esquerdo e, talvez porque eu não tenha dado resposta ao gracejo, ele decidiu tratar de coisas mais objetivas: pediu um adiantamento do aluguel.

Tive de capitular em minha reserva e apelar para a simpatia não-correspondida que aquele homem parecia ter por mim. Estendendo-lhe quatro mil pesetas, expliquei-lhe que eu não dispunha de mais no momento, guardava as setecentas restantes para comprar comida nos próximos dias, e completei com a meia-verdade de que viera a Madri em busca de dinheiro para pagar dívidas deixadas pela minha mãe. Ele riu, devassando-me mais uma vez: "É pouco, não paga nem uma semana; mas, bonito e moço desse jeito, tenho certeza de que você não vai ter dificuldade em conseguir dinheiro por aqui".

Notei que os hóspedes da pensão eram, quase todos, rapazes com a minha idade, de corpos bem talhados e cheios de tatuagens. Durante as manhãs e as tardes, pouco saíam dos quartos; porém, conforme se aproximava a noite e acendiam-se os neons pelas ruas do Chueca, eles começavam a surgir, com roupas limpas, cabelos penteados com gel e olhares lanceolados de animais carnívoros.

O clube El Lúmen era um dos lugares para onde iam, todas as noites, os meus companheiros de pensão – foi o que descobri em minha segunda semana em Madri, quando, pela primeira vez, tomei coragem e adentrei aquele salão imerso em uma penumbra arroxeada e pude, através da fumaça, identificar rostos conhecidos. Alguns bebiam nas pequenas mesas circulares ou no balcão ao fundo; outros se atracavam e engoliam em beijos pelos cantos; alguns sacolejavam na pista, de um jeito duro e sem graça, como se soubessem que aquele não era local dos mais apropriados para dançar, porque, na realidade, as intenções de todos os frequentadores, como se fosse um acordo tácito, prescindiam de qualquer preliminar ou subterfúgio. Somente homens. Nenhum sinal feminino até que, sem aviso, uma figura que lembrava Greta Garbo em Mata Hari surgiu sobre um palco improvisado, acompanhada por um facho de luz azul que denunciava os pelos e a aspereza da pele com a mesma intensidade com que fazia brilharem as lantejoulas, as contas e as dobras do vestido de cetim amarelo-mostarda. Palmas sem vigor recepcionaram a transformista.

Sentei no bar e pedi uma cerveja. Fiquei assistindo à performance do travesti, que, entre rebolados e trejeitos, dublava alguns sucessos da discoteca. A fantasia era tênue, não sobrevivia a um olhar mais atento, capaz de detectar a sombra de barba sob a base e o rouge, os músculos cheios de testosterona que, dentro do traje de mulher, competiam com seios e culotes falsos ou mesmo a rusticidade das unhas que o esmalte vermelho e descascado não conseguia maquiar.

Quando trouxe a bebida, o atendente, um homem de quarenta e tantos anos, me perguntou: "Nunca tinha visto uma exibição da Samara?".

Fitei-o com pouco interesse enquanto, em dois ou três goles, sorvia metade da cerveja. Tinha queixo quadrado, nariz proeminente, sobrancelhas grossas – uma aparência francamente masculina, além de sua voz não ser nem um pouco afeminada. Melhor assim.

"Não, sou novo em Madri".

"Estou vendo", prosseguiu ele, passando os dedos pelo queixo e pelos lábios.

Acendi um cigarro. "É, vim arranjar dinheiro".

"Pois você está no lugar certo. Aqui, tem homens dispostos a pagar por tudo, e alguns pagam muito bem em troca de muito pouco".

Pensei nas diversas vezes em que, chegando a um porto desconhecido, eu havia buscado quem se dispusesse a me dar dinheiro em troca de sexo corriqueiro ou de cumplicidade para alguma perversão. Receber bastante, sem esforço, não era má ideia. O atendente do bar pareceu adivinhar meus pensamentos: "Ele, por exemplo", e apontou para o palco, onde Samara escancarava os lábios pintados de roxo e quase engolia o microfone, como se, de fato, estivesse cantando e empenhando-se à exaustão para fazer ressonarem as notas mais altas. "É do tipo que gosta de olhar, entende? Se interessa, é só esperar: ele sempre vem aqui ao bar depois da apresentação".

Pedi mais uma e esmaguei o cigarro no cinzeiro. Resolvi arriscar: "Você, por acaso, conhece um sujeito chamado Estebán?".

O atendente quase deixou cair a garrafa que trazia: "Sim, claro", e a voz travou.

Por um segundo, cheguei a pensar que estava diante de meu pai – ou do filho da puta, como preferiria minha mãe. Uma náusea indomável sobreveio. "Você?", eu gaguejei.

"Não", disse o homem do outro lado do balcão, "ele" e indicou, mais uma vez, o palco. "Mas nunca o chame assim, senão Samara fica louca".

Sempre imaginara algo mais grandioso, um sentimento parecido com ser esmagado e dilacerado ao mesmo tempo, mas foi apenas aquele enjoo e, depois, bolhas de vácuo nas retinas, nos ouvidos, na superfície da pele, no fundo do espírito. Meu pai era um transformista decadente, e eu ali, a uns poucos passos dele, bebendo a segunda cerveja da noite. Juro que seria melhor ter sentido raiva, asco, piedade, qualquer coisa, mas eu estava catatônico, intoxicado pela fumaça misturada dos cigarros e pelo monocromatismo da luz da boate.

Muitas cervejas depois, no meio da madrugada, quando Samara desceu do placo, houve um pouco mais de entusiasmo nos aplausos. Veio direto para o bar e sentou-se ao meu lado. Cheiro de canela e suor. E as palavras me saíram sem pedir licença: "Gostei do show".

Samara virou-se: "Que bom, querido. Amanhã, estará ainda melhor: só clássicos, Sara Montiel e por aí vai".

O timbre era grave, uma ofensa à longa saia oriental e aos cílios postiços. Forcei a vista para tentar enxergar o homem por trás da maquiagem, mas falhei em reconhecer meu pai escondido sob o craquelê miúdo do pó de arroz ressecado. Eu estava falando com uma máscara; existia verdade apenas nos olhos castanhos e puxados – e também nos dentes amarelados pelo alcatrão.

"E quando o marujo volta ao mar?".

"Em poucos dias, a terra me cansa".

"Prefere balançar com as marolas...".

Bebeu um pouco, direto no gargalo, deixando marcas de batom na ponta da garrafa. Foi minha vez de tentar sorrir: "Por isso, vou embarcar logo, e também porque não consegui me virar direito aqui em Madri".

"Se virar?".

"Sabe como é. No mar, o soldo é pouco, mas é certo".

De repente, era como se eu estivesse conversando com uma pessoa qualquer. A extravagância daquele travesti não conseguia firmar lastro sobre a imagem apagada do homem que nos abandonara sem deixar sequer uma moeda para trás, nem por vontade de humilhar. Era sempre essa a revolta, a escassez pecuniária, pois, minha mãe e eu sabíamos, o tal pai jamais fizera qualquer outro tipo de falta. Em se tratando de presença masculina, Paco bastava – não, exacerbava, o que era muito melhor.

"Não acredito. Aqui, um rapaz que nem você só não enche os bolsos se não quiser, ou se não procurar direito".

Perscrutei mais uma vez a máscara. Onde estava meu pai? Aquele rosto, quase um personagem de kabuki, guardava, por sua artificialidade, uma distância segura dos meus ressentimentos; assim, Samara não corria o risco de receber as facadas com as quais, na adolescência, eu fantasiava vingar nossa miséria. Talvez algum outro tipo de vendeta melhor coubesse naquele reencontro letárgico e sem espaço para delírios.

"Isso é uma proposta?", perguntei.

"Por que não? Mas fique tranquilo: o que estou propondo é algo simples, nada diferente do que você está acostumado a fazer sozinho, desde pequeno, quando mamãe não estava olhando".

A palavra, dita pela voz incongruente do travesti, fez o sangue pulsar em minha cabeça. Samara prosseguiu: "Sabe, gosto de ver coisas bonitas. E um homem nu que se masturba é bonito porque, além do aspecto de fruta que descascamos, é uma fruta solitária, o que a faz mais sagrada".

Terminei a última cerveja. O salão já não tinha mais do que meia dúzia de pessoas.

"Pense bem", disse Samara, intuindo que a noite acabava, "e me responda amanhã. Você vem me ver amanhã, não é?".

"Não sei se venho; nem sei se estarei em terra, nem sei se estarei vivo". Levantei-me com uma resoluta firmeza de pernas que desmentia qualquer torpor etílico e completei: "Se você quer, é agora".

Embora não pudesse ver com nitidez, eu sabia que o homem debaixo da pele falsa de Mata Hari tinha, estampados no rosto, desejo e surpresa.

"Vamos?", provoquei, andando em direção à porta.

O atendente do bar me espiou de soslaio; acho que estava rindo. A resposta de Samara veio gutural e certeira: "Vamos".

3. Ressaca

Quando saímos do clube El Lúmen, uma faixa de luz alaranjada já se espreguiçava no horizonte, espantando a fauna noturna para seus covis em albergues e motéis insalubres. Enquanto percorríamos as cinco quadras que separavam a boate do apartamento de Samara, o dia escalou o céu com rapidez, impondo, sobre toda a cidade, as vontades do verão. No caminho, acertamos o preço.

Era um quarto e sala amplo, cortinas e tapete vermelhos, com vários quadros dispostos nas paredes manchadas, sem nenhuma aparente lógica de tamanho, de intenção plástica ou de simetria. A cama de casal estava coberta por amarfanhados lençóis verde-água.

Samara sentou-se em uma poltrona bem de frente para a cama, junto a uma penteadeira, no único canto do quarto onde ainda havia sombras. Tirei o boné da marinha e o abrigo. Com um gesto vago que, por milagre, entendi, pediu que eu largasse as peças de roupa sobre uma cadeira e me aproximasse da cama: "A partir de agora, é como se você estivesse sozinho aqui. Quero que escute apenas a minha voz".

A entonação era ainda mais grave e masculina do que antes. Vi o vulto tirar a peruca e depositá-la sobre a penteadeira para, em seguida, deixar a saia escorrer pelas pernas até o chão. Não escolhera sentar ali por mero acaso: na penumbra, seguia o seu ritual de fazer renascer Estebán sem que eu pudesse testemunhá-lo plenamente; era como se ele quisesse que, para meus olhos, existisse apenas Samara. As mãos riscadas de veias apanhavam lenços umedecidos e os levavam até o rosto obscuro repetidas vezes.

"Vamos, meu querido", falou, apontando a cama. "Sente e vá tirando a roupa. Sem pressa".

Sentei no colchão e, num gesto mecânico, despi as calças e a camiseta branca.

"Assim. Mas não tire a cueca ainda".

A voz que me comandava transparecia satisfação, e eu não conseguia deixar de pensar que era a voz de meu pai. Olhei para a frente, tentando ver.

"Não me olhe".

A censura teve efeito contrário: sem que eu me desse conta, já estava espichando os olhos outra vez.

"Não me olhe. Você está sozinho, lembra? Tem um espelho na esquerda. Está vendo? Levante e vá até ele".

Era um espelho de pedestal um pouco mais alto do que eu. Encarando-o, enxerguei, do outro lado, a imagem familiar do rapaz de cabelos negros e cacheados, olhos redondos, nariz sagitado e lábios cheios de carne; o corpo firme e com raros pelos também era o bem conhecido; no entanto, naquele cenário, com aquela moldura, tudo parecia estranho sem ter mudado.

"Olhe-se no espelho", ordenou ele. "Beije os seus lábios".

Relutei por uns poucos segundos. Senti que, se cumprisse aquela ordem, não haveria retorno. "Vamos!", insistiu ele, com a voz mais fraca, mas ainda mais severa.

Aproximei o rosto, fixando os olhos em meus próprios olhos, e dei um beijo na boca do meu reflexo, um beijo rápido, frustrado pela frieza do espelho. "Outra vez. Imagine que sou eu quem você está beijando, e você gosta".

Dessa vez, permaneci com os lábios colados até sentir que o vidro ganhava um pouco de calor. Contudo, eu não experimentava prazer algum. Queria que meu corpo reagisse, era o que o filho da puta também queria, era o que traria algum estofo para o meu bolso – na pior das hipóteses, era a única saída para quem já estava encurralado no absurdo. Rezava, em silêncio, para que minha virilidade se mostrasse sem reservas, plena, indomável, reafirmando que, ali, havia algo que ele não podia controlar.

"Esfregue-se no espelho", o tom dele já vinha carregado de deleite, mas difícil deduzir a fonte: se a mera visão do meu corpo ou a sensação de ter-me sob domínio.

Comecei a roçar o volume sob a minha cueca contra o vidro e, para não arrefecer, eu precisava imaginar outra pessoa no lugar de minha imagem, uma pessoa que, por certo, também não era aquela que me observava no escuro.

"Mais. Você está gostando. Isso, assim. Agora, volte para a cama".

Deitei-me de barriga para cima, em diagonal sobre o colchão. No teto, a partir de uma nódoa de infiltração, espalhavam-se fractais de rachaduras pelos quatro cantos, e o desenho lembrava algo conhecido, talvez um mexilhão vomitando seu bisso.

"Acaricie-se suavemente com a ponta dos dedos, por onde você mais gostar".

Meus dedos pareciam medrosos: exploravam, cheios de cautela, o peito e o abdômen em uma trajetória redonda e previsível. Em quem pensar?

"Acaricie o pau por cima da cueca. De verdade. Você tem que deixar duro".

Cerrei as pálpebras. Apenas um homem tinha o poder de me fazer náufrago e escravo sem que mais nada importasse, passando por cima de qualquer dor ou nojo, o homem que, naquele momento, através da minha imaginação, controlava as minhas mãos, fazendo delas as suas, agarrando o meu sexo com a força e a certeza de quem tomava algo que lhe pertencia.

Veio, então, a nova ordem, e era exatamente o que eu mais gostaria de ouvir Paco me dizer: "Tire a cueca. Tire".

Envergonhado feito um menino, removi a última peça. De repente, Paco e eu estávamos a sós em seu quarto improvisado, nos fundos de nossa casa em Pontevedra. Envolvendo-nos, o mormaço de um verão distante, concentrado naquele espaço exíguo, e a aura de rito consubstanciada pela fortaleza de sua voz: "Vire-se. Apoie-se nos joelhos. Toque-se no meio das pernas. As pernas não: no meio das nádegas. Assim".

Com o rosto agora colado ao travesseiro, inalei o odor azedo, rastro de muitos corpos. Minhas mãos enfim ousavam, esquadrinhavam cada centímetro da pele e pareciam grandes demais, sedentas demais para o menino que eu era.

"Agora, peça para eu lhe foder".

Assustado, vi minha fantasia prestes a soçobrar e olhei para trás.

"Não me olhe, eu não estou aqui! Estou do seu lado, e você quer que eu lhe foda. Vamos, me peça!".

"Nós não tínhamos combinado...".

"Mas eu quero que você me peça", ele cortou, pondo-se de pé, sem sair da penumbra. "Vamos, não tenha medo! É só uma palavra".

Mergulhei outra vez no transe, encorajado pela distância que ele parecia disposto a manter de mim e de meus devaneios, nos quais o Teucro renascido exigia meu retorno e a posse completa. Punha-se sobre minhas costas, sem doma, e eu quieto, de olhos fechados, arfando curto para que a mãe não nos ouvisse, imaginava aqueles braços, aquelas pernas, músculos ressaltantes, tendões retesados, a perfeição de uma masculinidade helênica que eu jamais teria e à qual me restava ceder, pedindo, implorando em pensamentos para que me esmagasse com sua força, machucando-me, triturando-me, fazendo-me em pedaços até que eu confessasse o desejo: "Me foda, me foda, me foda...".

"Quero que me sinta dentro de você. Só quero que você goze", e, por mágica, a voz que eu ouvia era a perfeita voz de Paco.

"Não pare!", supliquei, subjugado pelo ritmo dos toques que, com suas mãos calejadas, o arqueiro grego me impunha.

"Me diga quando for gozar. Me sente aí dentro?".

Não havia como resistir; o calor daquela tarde perdida grudava-se feito vapor em nossa pele, enquanto a respiração apressada de Paco prenunciava o vórtice que nos engoliria. O medo de que alguém nos visse me fazia ainda mais refém: "Sim, sim! Vou gozar!".

"Eu também". Era a sentença final. Veio-me toda a fome, toda a sede do mundo, aos borbotões, enquanto Paco se fundia a mim – e eu aos lençóis e à sua umidade cúmplice e recente, fixando-me à matéria neutra que era, a um só tempo, semente e rocha. As ondas passavam por mim com sua impetuosidade titânica, mas não havia torrente capaz de me carregar: eu estava preso às cordas gigantescas daquele abismo e encapsulado em minha própria escuridão.

Em espasmos minguantes, recobrei os sentidos. Ainda estendido sobre o ventre, os braços enfiados embaixo dos travesseiros, percebi uma sombra desenhando-se, cada vez maior, na palidez do jornal largado sobre a mesa de cabeceira. Ele se aproximava. Dessa vez, porém, eu não quis erguer os olhos, já não existia a urgência de encarar Estebán; tudo se havia esfumaçado na sordidez que compartilhávamos. Vi apenas aquela mão indolente despejar um maço de cédulas junto ao periódico, que, em uma de suas manchetes – ironia das ironias – noticiava as expectativas econômicas que cercavam a criação de mexilhões na Galícia.

"Você foi muito bem. Depois de tomar banho, pode ir", assim ele disse. E se afastou. Peguei as notas e, com a concupiscência de quem despe um novo amante, contei-as uma a uma, lentamente, sentindo a aspereza do papel gasto e antegozando a execução de minha pequena vingança: o filho da puta ia, pelo menos, pagar a merda do caixão.

O FABULOSO
JUAREZ

MINIBIO

VICTOR PAES

Cidade: Rio de Janeiro

Nascimento: Junho de 1978

Formação: Teatro e literatura (UFRJ)

Ocupação profissional: Escritor, editor e ator

Livros individuais: O óbvio dos sábios (2007), Mas para todos os efeitos, nada disso aconteceu (2010)

Participações em antologias: XXI poetas de hoje em dia(nte) (2009)

Prêmios literários: Nossa Gente, Nossas Letras (2003)

Filme favorito de Milos Forman: O mundo de Andy (1999)

FILMOGRAFIA

MILOS FORMAN

1975
Um estranho no ninho
1979
Hair
1981
Na época do ragtime
1984
Amadeus
1989
Valmont – uma história de seduções
1996
O povo contra Larry Flynt
1999
O mundo de Andy
2006
Sombras de Goya

“Não há um atalho definitivo para a cabeça de um artista – a não ser aquele para a de John Malkovich. Suas obras não dão conta disso, mesmo que conheçamos todas. É partindo daí que o projeto deste livro instiga: juntar peças, em meio a uma tentadora e interessantíssima impossibilidade. Um dia percebi, espantado, que Juarez possuía várias características que Forman parece buscar nas pessoas que escolhe para transformar em personagens: ele foi um artista de profundo talento, com um ímpeto de não se conformar com as forças maiores que tentam enquadrar as pessoas; em seu caso, as forças dominantes de uma língua, de uma cultura e de um mercado. A própria condição de artista estrangeiro nos EUA remete à de Forman. Por isso, imaginei que o diretor pudesse, como eu, se encantar por Juarez, a ponto de fazer um filme sobre ele”.

O fabuloso Juarez

México. Juarez, cambito, troca canelas com outros moleques do bairro. Bola, brita, poeira e cactos. Seu espanhol é rasgado, no drama de correr, xingar e fazer as pazes, sob a vassoura ameaçada de Lola. Mas nesse dia ele procura, Lola enfraquecida de inchaços e rachaduras nos pés e pernas, se ela não pôs escondido alguém por trás de seu muro. É sua chance. Jaimito de Pala, filho de Gualcón e Elisabeth Klee, xingava, como todos os dias, em inglês (que sua mãe americana, que seu avô inglês...). Mas hoje não havia sinal de Lola. Então não foi mais jogo, mas pura ação de Juarez, impostada: o braço no caminho e o soco na garganta de Jaimito. Ele se contorce no chão.

— Agora ele engole essa língua e aprende a que é dele.

Todos se aproximam bastante, vingados.

A entrada, paredes e porta forradas no caos de pedaços de sedas diferentes. Uma placa com o nome do lugar: "Casa". Muitos homens, perfumados e estúpidos, ao redor. Juarez e Tito ali também:

— Parece uma igreja.

— Não parece.

— Uma igreja se tivesse missa de madrugada.

— É, Juarez, mas a bíblia aqui é bem outra...

Eles rindo mais alto, um homem vem de dentro e estende a mão, exigindo. Juarez põe sobre ela uma carteira de identidade. O homem simplesmente inclina a mão até que a carteira caia e a estica de novo, olhos um pouco mais apertados. Juarez já em meia-volta, mas o outro garoto o segura, puxa de seu bolso uma moeda e põe na mão do homem. Ele a fecha e vai para dentro de novo.

Interior da Casa. Tudo enfeitado quanto a entrada. Algumas das mulheres têm pedaços das mesmas sedas sobre os ombros. Por baixo, pouco; algumas, nada. Uma se aproxima de Juarez:

— Olá, querido. Que coisa pequenina você é, menino — Tito ri. — Olha, queria até ter sua idade, de estar começando isso aqui tudo de novo — Tito deixa de rir. — Mas me diz, quantos anos você tem?

— Treze — Tito bate no braço do amigo.

— O que foi? — a mulher dá uma gargalhada, eles percebem sua falta de dentes e Juarez abaixa a cabeça: — Desculpa...

— Vem, querido. Lá dentro vou te ensinar a mentir a idade.

Ele vai, mas no meio do caminho para, chama Tito e, após algumas palavras nervosas, é ele que entra com a mulher. Pois Juarez está interessado em outra coisa. Começa a andar devagar para o fundo da Casa, seguindo algo. Uma música que vem crescendo. Lá está, um homem e um violão. E agora Juarez ali, em pé, olhando-o, sorrindo.

Tito volta após quarenta minutos, sua voz chegando a assustá-lo.

— Olha, homem, está aí? Vai dizer que não entrou com ninguém?

— Já fui... e já voltei...

— Mais rápido que eu, Juarez?! E como foi?

Tito abraça-o e eles saem rindo muito. Por motivos diferentes.

O som agressivo do violão e é difícil ver os dedos das mãos que o tocam. É Juarez. Ele canta também, os olhos fixos em Alfonso, dono do circo. Verso final e silêncio. Seis segundos de silêncio.

— Gostei.

— Muito ou pouco?

— Nem muito nem pouco. O suficiente para honrar seu pai. Sabe que ele me salvou a vida, não é?

— Ele sempre nos contava isso.

— Então pronto. Mas violão não é nada comum no meu circo. Você não vai poder fazer parte do espetáculo. Vai tocar aqui na entrada, enquanto as pessoas vêm chegando.

— Sim, senhor.

— E durante um tempo só vai ganhar o que te deixarem.

— Sim, senhor.

— Se fizer sucesso, começa a tocar dentro e ganhar.

— Sim, senhor.

— Mas, olha, põe uma coisa na cabeça: se você achava o mundo um lugar penoso, é porque ainda não conhecia o circo. Seja bem-vindo...

Três segundos de silêncio.

— Sim, senhor.

EUA. Um cartaz escrito em amarelo: "The Wonderful Juarez". Alguma neve. Juarez está diante do cartaz. Arranca-o e o leva para Alfonso.

— Alfonso, por que meu nome está escrito em amarelo? A gente não tinha combinado? Vermelho sempre!

— É, Juarez, desculpa. Amanhã Pablo troca.

— Então tudo bem... amanhã eu me apresento... Hoje põe o Pablo para tocar enquanto a tinta seca — joga o violão sobre a mesa e sai.

Picadeiro do circo, à noite, lotado. Pablo toca. O público vaia.

Um cartaz escrito em vermelho: "The Wonderful Juarez". Ele entra no palco e toca uma canção:

— Mi sueño es el cielo desgarrado, mi cama es mi pobre peatonal.

O público não entende nada daquela língua exótica, mas aplaude. Algumas garotas com mais furor. Juarez agradece com um gesto bonito.

Juarez corre, nu, apenas com seu violão. Atrás dele Alfonso, um facão na mão.

— Minha filha não, Juarez! Minha mulher já se era... mas minha filha não, Juarez!

Na entrada do circo, chorando, seminua, Vitória, bonita.

Uma praça. Sobre um banco, Juarez toca e canta, um chapéu a seu lado. Apenas um homem o observa. Ao fim da terceira música, ainda nenhum aplauso. Após a quarta, o homem balança a cabeça. Juarez, já irritado:

— O que foi? Estou fazendo alguma coisa errada?

— Tudo — surpreende-o em espanhol.

— Tudo o quê?

O homem vai embora.

— Filho duma puta espanhola... — antes de voltar a tocar.

A peça de metal 2 já chega quando a peça de metal 1 termina de ser analisada. A peça 2 na peça 1 após se analisar o seu encaixe. Agora a peça 2 e, perfeita, três vezes a dobra 1 e, separada e encaixada de novo, vai (agora, com a 1, A) na esteira. Até que chega de novo a peça 1. Juarez é rápido.

Marmitas nas mãos, alguns comem, enquanto Juarez toca violão para seus companheiros. Um dos que já terminaram ainda em volta como os outros, marcando para si o tempo, garfo na marmita. Juarez não canta, para não abusar, até de leve o próprio violão.

Entra de repente o presidente da empresa, uma inspeção de tantas. Todos ficam de pé. Mas ele caminha certeiro até Juarez.

— Seu nome, meu filho.

— Patrick Still.

— Ah, sim — e em seu ouvido: — Se eu ignorar o "r" de seu Patrick e o "e" depois de seu Still.

— Desculpe, senhor... Não entendi...

— Venha comigo, por favor.

Eles caminham até a sala do presidente. Portas fechadas, Juarez calado. O presidente põe em sua mesa um papel dobrado. Juarez o abre e é um de seus antigos cartazes: "The Wonderful Juarez". Em vermelho. Juarez continua calado.

— O Circo Alfonso. Ontem, passando ali no corredor, eu reconheci uma música sua, mas não pude entrar na cozinha para falar com você, pois estava com um dos sócios. Me diga uma coisa: você sabe quanto vale sua música?

— Sim, senhor... cheguei a achar que não sabia, mas sim...

— Eu prefiro imaginar que você está trabalhando aqui justamente por não saber isso.

Um suspiro longo antes de falar.

— Eu também preferiria.

— Então temos que tirar essa dúvida.

Capa de um disco, em um vermelho definitivo, "The Wonderful Juarez", em um dos estandes de uma loja. Muito acontece ao redor: outros discos disputados, entradas, saídas, dicas de vendedores. Tudo se move ali, menos o disco de Juarez.

Uísque e fumo. Juarez e alguns amigos, e música. Ele mais velho e agora um pouco bêbado:

— Vocês sabem com quantos estrangeiros se faz um país?

— Ah, para com isso... A América é grande assim porque fala uma língua só.

— Você acredita nisso de verdade? De verdade mesmo?

— Tenho certeza.

Juarez se levanta, tira o disco que tocava e põe um de Frank Sinatra, terceira faixa.

— Ah, conheço essa... acho uma canção esquisita, mas quase inteligente. Mas o que isso tem com... — Juarez aponta na contracapa do disco, "Still". — É você? Não acredito!

— E você acreditaria se eu contasse que não sou Patrick Still?

— Como assim?

Um outro amigo, gargalhando, um pouco mais bêbado:

— Vai dizer que não é nem americano?

— Americano eu sou, sim. E vou dizer até mais — e em espanhol: — Posso dizer isso até em inglês...

Grande palco, luzes, casa lotada. Juarez, mais alguns anos, toca sua música mexicana, a mesma de sempre, mas canta em inglês. A plateia canta junto. Ao terminar uma das canções, bebe um gole de água e aproxima-se do público:

— Amigos, preciso da força de vocês... Na semana que vem, volto ao México para fazer meu primeiro grande show em minha terra. Estou nervoso. Preciso que vocês torçam por mim — aplausos. — Existe uma canção para vocês fazerem isso. Eu vou ensinar.

Então, em espanhol, o público vai aprendendo a canção, frase a frase, e cantando com ele.

Um apresentador de televisão, enfático, aproxima-se da câmera:

— E foi, infelizmente, naquela viagem que Juarez sofreu o acidente que interrompeu sua vida e sua carreira. Que sucesso faria o disco inédito, cujos trechos foram recentemente descobertos, que ele estava preparando, apenas com canções em espanhol? O que Juarez pensava para seu futuro? Nunca saberemos. O que importa é que, com apenas um disco, esse fabuloso artista mexicano, que tem até hoje suas canções gravadas e regravadas por grandes artistas dos Estados Unidos e do mundo, além da famosa canção romântica gravada por Frank Sinatra, entrou para a história. Bem, nós ficamos por aqui. Até a próxima semana, com nosso *O mundo exótico da música*. Até lá.

UM DIA NA VIDA DE DAVID LYNCH

MINIBIO
MÁRCIO-ANDRÉ

CIDADE: Rio de Janeiro

NASCIMENTO: Março de 1978 (Rio de Janeiro)

FALECIMENTO: Abril de 2009 (Porto)

LIVROS INDIVIDUAIS: Movimento perpétuo (2002), Intradoxos (2007), Ensaios radioativos (2008), Cazas (2011, póstumo)

FILMOGRAFIA
DAVID LYNCH

1977
Eraserhead
1980
O homem elefante
1984
Duna
1986
Veludo azul
1990
Coração selvagem
1992
Twin Peaks – os últimos dias de Laura Palmer
1997
A estrada perdida
1999
História real
2001
Cidade dos sonhos
2006
Império dos sonhos

Um dia na vida de David Lynch

Quando me convidaram para esta antologia, não tive dúvidas sobre qual cineasta escrever. Além de admirar profundamente a obra de David Lynch, sua escolha me era providencial, uma vez que o havia conhecido pessoalmente, tendo mantido, desde então, certa troca de e-mails. Nosso encontro se deu sob circunstâncias tão estranhas que tivemos ambos a sensação de estarmos participando da cena de um de seus filmes. E isso tornou o acontecimento para ele tão marcante quanto o foi para mim. Foi ele, aliás, quem se ofereceu a narrar sua versão do episódio para ser anexada aqui, de forma que este texto é, na verdade, um relato a quatro mãos.

O encontro aconteceu em 2008, quando ele esteve no Rio promovendo um livro sobre meditação transcendental. Por conhecer gente envolvida com a equipe que o acompanhava, vislumbrei a possibilidade de encontrá-lo. Havia marcado com uma dessas amigas, Luciana, no lançamento na Livraria da Travessa do Leblon, mas como, no mesmo dia, mais cedo, David faria uma palestra na Associação Comercial, resolvi dar um pulo lá e saber afinal sobre a tal meditação. Apesar de eu ter insistido, Karinna, minha esposa, não quis ir comigo, com o pretexto de estar enjoada. "Vou ficar lendo", disse ela. Cheguei cedo e sentei em uma das primeiras filas, de onde eu teria, infelizmente, uma visão privilegiada de tudo o que viria a acontecer naquela tarde. Como o voo do palestrante estava atrasado, resolveram iniciar o Encontro com David Lynch sem David Lynch. Os músicos de uma banda militar completa, que tomava as três últimas fileiras do auditório, ficaram de pé e executaram o Hino Nacional Brasileiro (fazendo-me pensar no atraso de David como algo positivo). Mas o que tinha começado apenas ridículo tornou-se um verdadeiro circo de calamidades. O presidente da Associação Comercial, um mestre de cerimônias no mínimo excêntrico, após enumerar as celebridades na plateia, puxou uma mulher à frente e, segurando sua cabeça como a de um cão, perguntou: "Vocês sabem quem é essa? Vocês sabem? Essa é a Luiza Brunet. Vejam o quilate das pessoas nesta tarde...". Como prova de benevolência, e também para encher linguiça, colocaram um jovem carente de morro para ler um poema. David apareceu com seu topete nesse instante, e os aplausos abafaram a leitura do rapaz, que ficou esquecido num canto. O presidente da associação fez uma introdução precisa o suficiente para transparecer sua total ignorância acerca da obra do cara, destacando como aquele "artista criativo" nos ensinaria a adquirir sua genialidade através da técnica meditativa. David falou cinco minutos sobre como a meditação poderia reduzir os índices de criminalidade de uma cidade e depois foi colocado sentado a uma mesa junto a sete outras autoridades – literalmente –, entre elas um comandante da marinha em farda de gala e a secretária de educação do estado, que estavam ali para decoração, já que não foram chamados a falar em momento algum. Até então, eu não havia tido a oportunidade de presenciar evento tão meticulosamente deselegante e engenhosamente desastroso. Era constrangedor ao ponto de eu assumir o constrangimento que eles não pareciam sentir. Independente da figura renomada e artista tão pouco convencional que recebiam, eles simplesmente produziram sua habitual reunião do Rotary Club. É possível, inclusive, ver fotos na internet e até assistir a vídeos no YouTube para se ter ideia do que estou narrando. Está tudo ali registrado. Filmaram, por exemplo, o momento em que Carlos Alberto Parreira, o técnico de futebol, ofereceu uma bola oficial ao cineasta. Registraram o maltrapilho coro militar de uniforme cavernoso e encardido acompanhado por um tecladinho cretino. O coro, aliás, daria um capítulo à parte: após desafinar, desanimado, duas marchas sobre guerras, batalhões, infantaria e coragem para combater o inimigo, anunciou uma "homenagem" ao Lynch. O que eu supus ingenuamente que seria a música de algum de seus filmes revelou-se o momento áureo do fiasco. Com um arranjo de igreja evangélica, o coro cantou *Hey Jude*, supondo que o fato da música ser em inglês, por si, já representasse homenagem ao visitante americano. Sempre soube da facilidade de contágio das coisas burlescas, mas aquilo era demais: a plateia juntou-se à homenagem, adicionando palmas descompassadas diante de um cineasta experimental perplexo. E daí por diante, a sequência de bizarrices se estendeu por um tempo incalculável. Quando deram início a uma peça de teatro encenada por jovens infratores em recuperação, David desapareceu da mesa. Imediatamente, metade do auditório levantou e foi para o corredor interceptá-lo. Foi ali que encontrei minha amiga Luciana. Ela me puxou para um canto e disse: "Vai ter um coquetel reservado aqui embaixo, vamos lá que eu apresento você a ele". Descemos até o salão nobre e fomos logo chegando à roda onde estava David. Me apresentei tanto a ele quanto à sua intérprete, que, aliás, tinha o nome da minha esposa, Carina. Lynch era bem atencioso e se mostrou interessado no breve papo que tivemos. Quando chegou a hora de ir para a Travessa, ele perguntou se eu não iria. Tendo realizado meu objetivo e preocupado com minha esposa, cancelei o plano inicial e preferi continuar a conversa por e-mail. Deixei meu livro de poemas com ele e o vi afastar-se com sua comitiva pela Rua da Candelária até entrar no carro.

Carina, foi naquela livraria no Rio que você me apresentou ao tal escritor. Ele me ofertou seu livro e, depois de uma conversa rápida sobre como admirava o meu trabalho, disse: "Gostaria que não jantasse hoje com o seu pessoal, queria convidá-lo a jantar na minha casa. Minha esposa preparou um prato especial para você". Eu falei que não poderia, que tinha compromissos, mas ele segurou no meu braço com força: "A recusa está fora de cogitação..." e completou com gravidade: "Nesta noite, um assassinato será cometido em algum lugar desta cidade". Só compreendemos algumas atitudes muito tempo depois que a tomamos.

Rodamos por quase uma hora de táxi até chegarmos a um bairro parte residencial, parte industrial, tão decadente que, não fosse a quantidade de pessoas na rua, eu teria pensado estar abandonado. Fazia um calor infernal, apesar do tempo chuvoso e úmido. Descemos diante de um prédio de um conjunto social e, depois de atravessar uma série de corredores de paredes mal emboçadas, entramos em um apartamento quase sem móveis. Sua esposa, na verdade, era suficientemente encantadora para preenchê-lo. Ela tinha a suavidade das mulheres sem pretexto e a beleza da luz quando recai sobre as plantas. Mesmo o vestido tentava impor inutilmente o vermelho à luminosidade da pele e dos olhos. Ela serviu batatas com casca, maionese e carne moída, e tomamos um refresco feito com polpa de alguma fruta diluída em água. O escritor bebeu uma cerveja atrás da outra e terminou com a cara no prato, expirando molho. Acabamos de comer, ela me acompanhou até a rua e chamou um táxi. Quando eu não soube responder onde estava hospedado, ela entrou no carro comigo e me levou para um hotel barato. Lembro bem do nome, Hotel Emoções, e era pior que qualquer hoteleco texano de beira de estrada. Prevendo o que iria acontecer, não recuei. No cubículo mal iluminado pelo abajur, ela me beijou, pegou no meu pau e fizemos amor. Era curioso pensar como um velho como eu ainda conseguia seduzir jovens esposas de escritores. Naquela noite, tive um pesadelo assombroso. Descia pela canalização daquele hotel imundo e chegava aos alicerces da cidade, bem abaixo do esgoto e das camadas pluviais.

De volta a Los Angeles, recebi diversos e-mails do escritor, mas nunca respondi a nenhum deles. Ele passou a me seguir pelo Twitter, me adicionou no Facebook, mandou dezenas de mensagens pelos meus agentes. Um dia, recebi um livro amarelo pelo correio, anexado a uma carta em inglês que dizia: "Obrigado pelos comentários ao meu livro. Se não se importa, utilizei o texto na orelha desse meu novo livro". E, de fato, o meu nome estava lá.

Ele veio atrás de mim no início deste ano. Quando saía de uma palestra em Portugal, ele surgiu do meio das pessoas e disse: "Um assassinato foi cometido naquela noite". Não respondi. Temia que ele tivesse descoberto sobre minha noitada com sua esposa. Fomos para um restaurante na Ribeira. A primeira coisa que me perguntou foi se o que eu havia escrito sobre seu livro era sincero. Respondi que eu sequer podia ler em português, ao que ele insistiu, falando de uma tradução impressa em computador e entregue junto com o livro branco. "Não vi", respondi, e ele jogou o livro amarelo na mesa, perguntando de quem era então o texto na orelha. "Poderia ser de qualquer um", eu disse. Ele ficou enfurecido: "Você está insinuando que não escreveria sobre o meu livro, é isso?". Tentei desviar o assunto e perguntei por sua esposa, mas logo me arrependi com a resposta. Depois que fui embora, naquela noite, eles fizeram amor pela última vez e ele a matou. Jogou o corpo na baía e disse para todos que ela tinha ido morar na Escócia com a mãe.

"Por que fez isso?".

"Naquela noite, descobri que Karinna estava grávida de uma criança que não era minha".

"E você sabe de quem era?".

"Sim, sei. Era sua".

"Impossível..."

"A criança foi abortada... mas há outra que sobreviveu".

"E onde ela está?".

"Está aqui em Porto... e cometerá um assassinato nesta tarde... matará seu próprio pai".

A insinuação era assustadora demais. Se a criança era minha, seria a mim que ela mataria. Foi quando ele me perguntou em seu inglês infame: "Se fosse preciso optar, o que escolheria: ter uma vida feliz enquanto um total desconhecido, ou ter toda a fama do mundo à custa da infelicidade?".

"É possível se vender por pouco", respondi.

Eu realmente não saberia dizer o que deu em mim para acreditar naquelas loucuras e nem por que o segui naquela tarde. Ele prometeu me mostrar a criança e, mesmo sob o risco de ser morto, resolvi segui-lo. Tive medo, é claro, mas não supus que pudesse simplesmente não ir. Nada naquele dia de maio me dizia que um assassinato pudesse ser cometido naquela bela cidade europeia. Ignorava o fato de que toda cidade sempre convida a um assassinato. Tive até alguma simpatia por ele. Por isso, não deixei de levar uma faca do restaurante no meu bolso e, quando entramos numa daquelas vielas íngremes, enfiei a faca até o cabo na garganta do sujeito e deixei seu corpo rolar para um lado. Sei que é estranho confessar isso, Carina, mas, pela nossa falta de intimidade, você talvez seja a pessoa em quem mais confio. Não tive motivos. Como uma das mortes exemplares de Max Aub, eu o matei simplesmente porque tinha a certeza de que ninguém estava olhando. Agora, porém, me encontro em apuros e, como você foi em parte responsável pelo nosso encontro, gostaria que me dissesse qualquer coisa.

Aqui, o relato de David me assusta. Há nele algo de doentio, como uma brincadeira que só para ele faz sentido. É claro, eu não poderia escrever esse relato se estivesse morto, mas ser morto incomoda-me, ainda que virtualmente. Estar morto é ser outro, e isso é dispensável. Outra falha no relato do David é que eu nunca estive em Portugal. Todos que me conhecem sabem disso. Lynch é um falso, sem dúvida, e se diverte às minhas custas. Ele realiza aqueles filmes absurdos cheios de maldade, cria esculturas absurdas e devota suas músicas a deuses absurdos, mas no fim é um careta; um americano ordinário com voz nasalada; um presbítero filho da puta de gola alta e topete démodé. Por outro lado, há algo que me intriga: em nossa troca de e-mails, ele sempre me chamou de Carina.

Voltei para o hotel, mas não para o hotel de onde tinha saído. Fui para outro hotel, pequeno e pobre, onde ninguém me reconheceria. Quando entrei, o recepcionista colocou a chave sobre o balcão. Perguntei a que horas era o café da manhã, e ele respondeu: "Das 6 às 10, senhor Márcio". Imediatamente, levei a mão ao blazer e tirei meu passaporte. Era como se eu tivesse perdido um objeto de grande valor. No espelho do quarto, bem diante de mim, eu era o homem que havia acabado de matar. A grande performance da nossa vida é a morte, é quando conhecemos as mínimas particularidades do corpo, mas, no meu caso – ou no caso dele –, passei a conhecer as particularidades de um outro corpo. Matar alguém é roubar-lhe o nome, deixando uma falta tão profunda que a memória já não cola na carne. Um morto é simplesmente uma presença sem memória. O fluxo dos nomes e do tempo já não o atravessa. No entanto, por motivo qualquer, eu havia tomado aquele corpo oco ou quem sabe com um nome ainda, agora sem símbolos, meramente ruído, preenchendo sua cavidade com a minha própria cronometria. Sem escolha, dinheiro suficiente, meu antigo passaporte ou mesmo notoriedade, retornei ao Brasil em um voo noturno, cujo bilhete encontrei em minha nova mala. Estava de volta àquele apartamento onde havia jantado um ano antes, nessa sua cidade grotesca onde não conheço nada além de você. Eu poderia me perder em qualquer parte, menos aqui. Este lugar cheira a merda. Esconde-se sob a falsa promessa de que um dia fará sentido. É uma cidade insuficiente e, nela, eu estou só. Mais tarde, descobri que, ao contrário do que supunha, aquele homem esfaqueado em um beco pelo mundo não desapareceu simplesmente. Ele passou a me atormentar como a própria cidade da qual não me posso ver livre. Todas as noites, ele me liga e fala com sua voz fina fingindo ser eu e eu grito: "Você está morto, filho da puta", e ele desliga rindo. Todas as noites, ele faz o mesmo ritual, e eu respondo da mesma maneira. Ele manda mensagens cifradas pelo Twitter que somente eu posso decifrar, tais como essa: "Remember, the individual is cosmic" ou essa: "This weekend, I hope to work on a new painting involving a girl in a red dress. What will you be working on?". A última que escreveu foi essa: "My fish can't swim like a fish, but it stinks like a fish". Ninguém parece perceber que ele é um impostor, ninguém parece interessado em descobrir como um escritor medíocre e pobre do terceiro mundo não pode ser eu. Após vagar durante o dia por subúrbios absurdos e degradados, volto todas as noites sem saber como para um lar que não é meu, durmo numa cama que não é minha, tenho lembranças de fatos que não vivi. Sento aqui neste apartamento com vista para o quintal dos fundos de uma casa de bairro, fumando. Não sei se David Lynch fuma. Assisto a seus filmes como se não fossem meus e espero sair nos cinemas o novo que ele está realizando. Quanto àquela mulher que despiu seu vestido vermelho uma ou muitas vezes para mim, me intriga sentir a ausência de alguém que não esteve presente. É como se ela tivesse estado a vida inteira ao meu lado com seu repertório de afetos domésticos e, agora, alguém me dissesse que ela nunca existiu. Todas as ruas resguardam sua passagem, e a todo instante encontro pelo apartamento peças de roupas femininas e vestígios de uma vida a dois interrompida. Às vezes, ligam para cá e perguntam por ela. Digo simplesmente que se foi. Muito tempo depois dela, em duas cidades, um filho matou seu pai, mas foi somente para permitir o nascimento de outra criança com o mesmo nome. Ela nascerá em uma terceira cidade e cumprirá outra vez a vida que teria sendo eu mesmo. E pressinto que isso já esteja acontecendo, antes mesmo de ter acontecido.

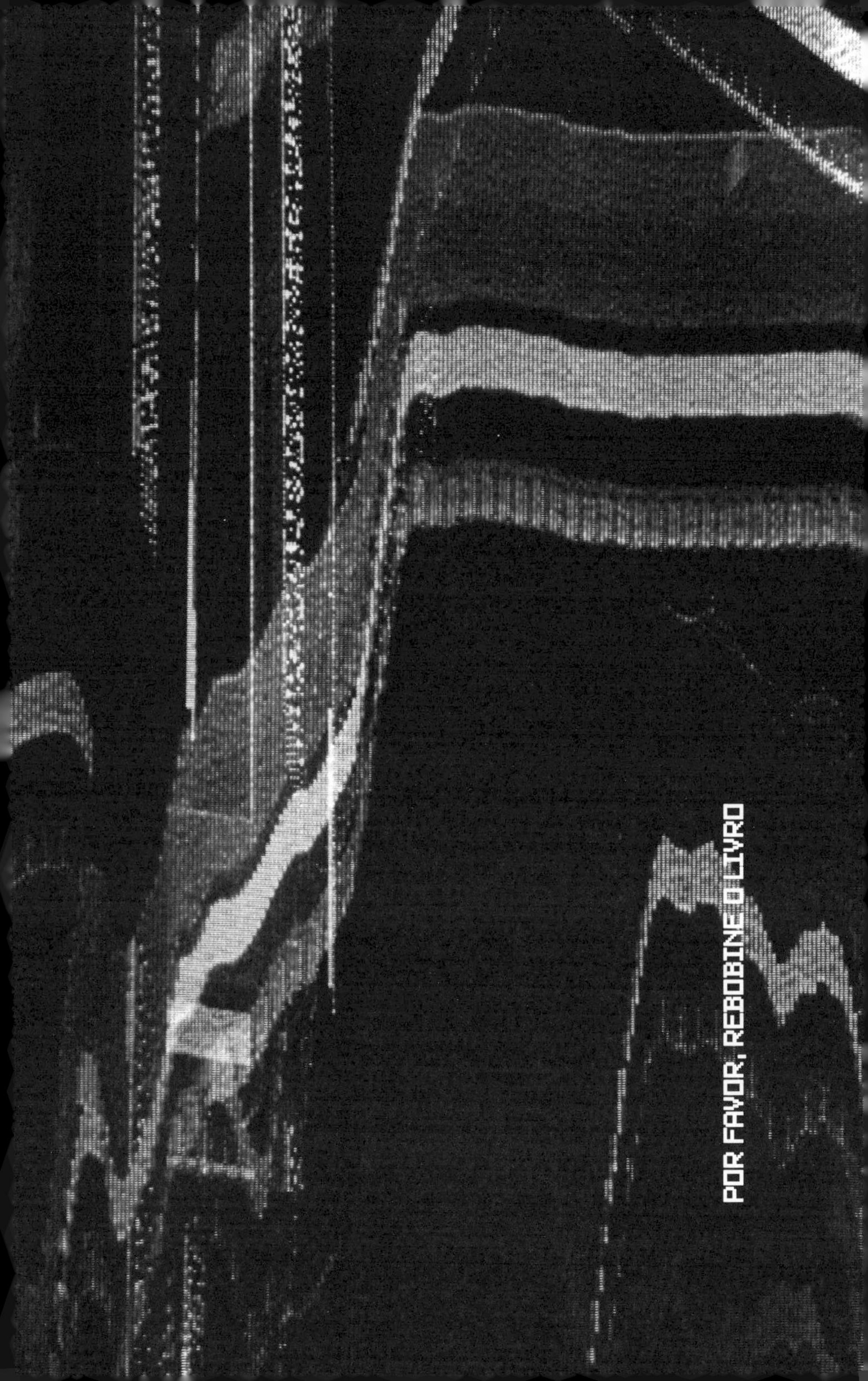
POR FAVOR, REBOBINE O LIVRO

LEIA NÃO

Romance

Areia nos dentes, de Antônio Xerxenesky
O professor de botânica, de Samir Machado de Machado
Uma leve simetria, de Rafael Bán Jacobsen

Conto

A virgem que não conhecia Picasso, de Rodrigo Rosp
Azar do personagem, de Reginaldo Pujol Filho
Pó de parede, de Carol Bensimon
Raiva nos raios de sol, de Fernando Mantelli
Veja se você responde essa pergunta, de Alexandre Rodrigues
Fora do lugar, de Rodrigo Rosp
A sordidez das pequenas coisas, de Alessandro Garcia
Quero ser Reginaldo Pujol Filho, de Reginaldo Pujol Filho

Poesia

Desencantado carrossel, de Diego Grando
Os dentes da delicadeza, de Everton Behenk

Antologia

Ficção de polpa, vol. 1, organizado por Samir Machado de Machado
Ficção de polpa, vol. 2, organizado por Samir Machado de Machado
Ficção de polpa, vol. 3, organizado por Samir Machado de Machado
Desacordo Ortográfico, organizado por Reginaldo Pujol Filho
Ficção de polpa: crime!, organizado por Samir Machado de Machado
24 letras por segundo, organizado por Rodrigo Rosp

Para mais informações, visite
www.naoeditora.com.br

Este livro foi composto na fonte Dante,
corpo 10, e impresso na gráfica Pallotti,
em papel pólen soft 80g, em agosto de 2011.